沙城僕僕

臺東大學華語文學系 編著

discover
Taitung

目次 *contents*

散文

小說

主任序

二〇〇九年的冬天異常地暖和，在夏衣、冬衣間擺盪的我們，心頭其實另有一股熨貼的暖流。是的，於此新年將屆，大地春回的季節裡，繼二〇〇八年《發現臺東》之後，臺東大學華語文學系的同學們，如同信守諾言的潮浪，持續隆重地推出了籌畫一年的《臺東學2－砂城僕僕》。

本書仍由同學自行扮演作者、編者，以僕僕的風塵，和這一片漫天的風砂掏心交換。臺東大學地處臺灣島嶼的邊陲，地偏而心遠，自然就讓心胸與器宇都與天地同寬了起來。多樣的地貌、族群、歷史和文化，是同學在專業學習之餘，透過文字展演的「地方精神」，亦是此書所傳達的重要關懷。本書的〈專欄〉」設計，即從校內那魯灣青年社，旁及移居臺東六十多年的腳踏車行老闆、有機栽作耕種的「傻瓜」農夫，以及知名的排灣族作家亞榮隆・撒可努、臺東詩人徐慶東，這些神采綽約的身影，都成為同學筆下即知即行、一幕幕動人的東臺灣風景。

相較於專欄的如實白描，新詩則是細譜生命樂章的慢行低吟，散文重疊著自我與週遭的疏影，小說則堂堂扣問這世界萬象，讓真實與想像聚為一堂。學生們的創作量多質樸，下筆或許難免生澀，但仍有初試啼聲的清新，勇於表露自我的壯志。這些都是年少的印記，勃發的青春，臺東的好山好水和好人情，正足以讓大家磨筆鍊心，鎔鑄出文字的神采，生命的丰姿。

入冬的飛沙，總讓後山不得不在此時加強「磨砂淨白」，然而，飛塵旋舞何嘗不是另外一種宇宙無窮澔渺的契機？文字的力量或許不敵自然的無言之教，但深刻力描之後，華語文學系的同學們，在入冬風飛砂揚的砂城之中，仍以慧心彩筆，為我們揭開了天地間一頁頁美好的詩篇。

臺東大學華語文學系系主任 許秀霞

謹識於知本校區人文學院

專欄

「原民」園－臺東大學娜青社

採訪：黃以安
撰文：林聖倫

「大學生活就像一塊畫布一樣，可以任由自己塗上喜歡的顏料色彩，而我，選擇了把許多時間投入在社團當中，加入了娜魯灣青年社使我盡情的揮灑青春與熱情。娜青社是一個非常重視傳承的社團，許多歌曲都是學長姊們一首一首的傳唱，甚至是學長姐們自己的創作，而文化的感染力非常能夠撼動人心，當彼此手牽著手跳大團舞時，那是親身體會過後就忘不了的感覺。從社會服務到原住民歌舞展演，在社團當中我學習到了很多事情，不單單是文化知識層面，更讓我體會到能付出是一件很快樂的事。『不要問社團能給你什麼，要問你能給社團什麼。』學長姐們的話猶言在耳，我想，團隊合作所激發出的力量與創意是每個人都能感受並深受吸引的。」

「社會服務是娜青社最重要的活動，我們到偏遠地區的小學去做教學，除了準備教學工作外，還要烹飪給小朋友吃（這對我來說是非常具有挑戰性的任務，因為我在家從不下廚）烹飪不是件輕鬆事，但是看到小朋友們吃飽了以後滿足的表情說：『老師，妳煮的好好吃喔！』就算煮得再辛苦也甘願了。今年暑假我們到土坂部落去服務，這是個難忘的回憶，我們在社服期間遇到了八八水災，一夕之間，山河變色，我們與外界失聯了好幾天，幸運的是，有位部落青年非常熱心的幫助我們，在沒水沒電的情況下，他提供我們洗澡的地方以及使用發電機收看電視新聞，真的幫了我們非常大的忙，相信這一段溫馨的回憶會陪伴著我走過人生剩下的風景，臺東，無庸置疑是個充滿了人情味的好地方。」

上述是華語系三年級黃以安同學對於自己所熱衷且愛好的娜青社，所發表的感性前言，接下來就為各位介紹有關於娜青社更多不為人所熟知的一面，那是怎麼樣的知性，怎麼樣的精神呢？

問：娜青社成立宗旨為何？

答：本社以傳承原住民傳統文化精神與服務部落及原住民小學為宗旨，以各種不同的社團教學活動，表演節目，或是文化課程和社區服務的方式，來增進本校中屬於少數份子的原住民與學生之間的情誼，並且提升其對於自身與族群的認同感和向心力，還有傳承與發揚原住民之傳統文化和精神，期望在現代的社會變遷中，可以避免原住民的文化消失在強勢的主流文化中。

問：社團如何運作？

答：我們會有幹部群，主要幹部是由大三社員擔任，而大二是副股長，而幹部們會先決定大綱，然後跟社員講，最後就是大家

一起開籌備會，這就是我們社團的運作流程。總務，活動，美宣，資料，保管五股和各自的副股長

問：社團主要的活動有哪些？

答：舉辦校外原住民小學之服務活動，還有舉辦各項原住民動態活動，並且響應各界不同種類的原住民學生課輔之活動。而社團細部的活動包括期初社員大會、期中社服、長期社服、成果展、送舊晚會、期末社員大會(一種薪火相傳的感覺)。還有一些具有特色的活動像是原住民傳統工藝教學、原住民傳統歌舞研習、音樂祭、社遊和全國大專院校原住民舞蹈大賽其中又細分傳統和創新兩個項目。

問：活動中的歌舞服飾是否有以特定原住民做為學習的對象？

答：是的，針對這個問題我們社團並沒有選定特定的對象，因為我們的歌舞包含了六大族，而大多數的表演會選擇阿美族的舞蹈是因為他們的歌舞最多也是最活潑的，但是我們還是有其他族的歌舞的。

問：在臺東較常有機會交流的原住民族群是？

答：當然以人口上來說，是阿美族和排灣族為主，魯凱，卑南，布農，達悟，葛瑪蘭等族群。

問：上述原住民有何明顯的分辨方式呢？

答：歌曲上，阿美族比較常出現，喔嗨阿～那魯灣，而排灣族歌曲大多是有辭意的比較多，服飾上，阿美族以紅色為主，多是鮮豔亮麗的顏色，排灣族多是深色的服飾，而且他們的裙子比較長，而阿美是母系社會，排灣較重的是階級制度，但是他們繼承的部分，不只是男生，女生也可以繼承。

問：社團遇到的難題？

答：某些是因為經費方面的問題，因為學校社團不少，能撥下了的經費就變得非常的有限，還有就是我們社團的男生比較少，女生時常要當男生來用，希望能有更多的壯丁能加入社團一起服務回饋社會。

問：印象最深刻的活動？

答：「成果展的時候，原本以為大一可以就當工作人員就好了，沒想到一樣要準備，而且大二大三的表演又很有特色，而且大四的也會回來看，那種感動是無法言喻的，就覺得社團的感情非常好。」

「比較深刻的是關於社服的活動，然後社服的話，就像剛才學姊說的有寒假社服，期中社服和暑期社服這三個社服，因為我們社團是比較偏向服務性質的社團，所以通常我們會去國小當老師，順便藉這個機會讓我們有一個實習的經驗，在社服的過程當中我們可以學習到一些跟小朋友相處的模式，還有以前學長姐所留下來，關於如何教導小朋友的資料與內容，可以藉著內容去認識其它的原住民文化。」

「大專院校的原住民舞蹈大賽，因為這個活動每一次的籌備都比其他活動更久，而且在過程中又可以增進社員彼此的感情，然後大家在其中營造出來的向心力可以吸引一些原本沒有想要加入社團的人，然後就一直走到最後了。」

問：社員熱衷的動力？

答：「其實我比較晚進來，很多活動就沒有參與到，像是社服、成果展之類的，可是像剛剛學姊講的原住民舞蹈大賽，我從我們體表會當中那個原舞的表演當中，我有感受到那種感覺，就是當我們盡心盡力去準備一樣東西，花了很長的時間，雖然到比賽前會覺得好累好累，有點快練不下去了，可是結束之後得到那個成果感覺是很棒的，然後很有成就感，我覺得在社團裡面，有學到東西並且獲得成就感，就是我想要參與社團活動最大的原因。」

「因為感受到學長姊的熱情，然後他們唱歌很好聽，學姊也很漂亮，他們跳的舞蹈很好看很酷很有特色，所以我很喜歡跟他們一起參與活動。」

「我覺得每一項活動都很有意義，因為原住民的東西可以在社團裡面重新呈現出來，我就覺得很棒，而且學長姊會不厭其煩的一直教你，就是不會覺得說你跳舞跳得很爛，沒救了之類的話，就會覺得大家都非常的棒。」

「我當初從一年級進來的時候到現在，我發現社團給我的東西實在太多了，會很想要去回饋這個社團；然後當我進到這個社團之後，我發現大家的目標都是一致的，會朝向這個目標去前進，讓我有一種歸屬感吧，然後文化這種東西是需要被傳承的，我找到了自己的文化和目標，這是我很喜歡這個社團的原因。」

「因為社團可以學到很多不同民族的舞蹈還有歌曲，這是其他社團學不到的，而且這個娜魯灣青年活動社非常的有特色，就是以原住民為主的社團，整個社團的氣氛都非常的好。」

「大學就像一個小型的社會，而社團又是大學的縮影，可以認識各式各樣的人，這些人通常都有一些目標，透過活動來完成它，透過課餘時間參加活動大家一起努力，而後獲得一些成就感、歸屬感，會熱衷的原因也是因為社團的活動帶出那些以前沒有過的感覺，所以說我覺得那魯灣青年社的歸屬感比起其他社團還要來講，特別強，可能是因為學長姊的熱誠，讓我覺得說回到這個社團好像回到家裡。」

「我覺得當初在練原舞，因為和學長姊相處比較久，期間產生了那種很深的交流和感情，也因為學長姊他們很熱情和親切的態度，不會有那種學長姊制會讓人感到不舒服，在社團裡可以感覺到這是一個家，而不是說像一個公司那樣有階級制度，每一個人在裡面都是不可或缺的角色，每一個人都有他們必定要付出的還有可以回饋的。」

「學長姊很熱情，尤其是來到社辦真的感覺像是回到家的樣子，學長姊都很親切。」

問：其他學校有類似性質的社團彼此間交流和觀感？

答：像是原住民舞蹈大賽，還有文化會議，都是可以跟別的學校進行交流，臺東大學的娜青社主要還是以服務為主軸。而有些原住民社團比較注重的是歌舞和文化交流，有點聯誼性質的感覺在。因為性質不同，所以我們也不會說去羨慕，因為他們主要還是藝文類，而我們社團去接觸偏遠地區部落小學，所以這是我覺得我們得到比他們多的地方。

就學校資源的方面來說，其他學校在比賽的時候，感覺上就是比較得到學校方面的支持，而我們比較像是孤軍奮鬥的感覺，會覺得他們可能資源上比我們好，因為我們比較注重服務這一塊，所以可能在傳統的歌舞，或是在教小朋友的時候，會覺得教得不夠，感覺比較片面比較淺這樣。

問：對社團的未來或臺東的展望？

答：希望以後社團可以將我們的精神一直流傳下去，當然不只是精神，還有我們從以前學到的一些歌舞文化，希望可以一直傳承下去，我覺得這是非常重要的，不然的話我們就不叫作娜魯灣青年社了，希望以後的學弟妹可以更加油，多充實社團的內涵。因為我們現在學習到的一些傳統文化是比較片面的，希望未來學弟妹可以為社團學到更深層的意義，可以更加充實自己

也充實社團的東西，當然舊的也是要保存，不過新的也是要不斷的增加，將原住民的文化給傳承下去。

※以上訪談感謝娜青社社員熱情協助。
林若雯　葉千瑜　葉書豪　李宜蓁　龔育民　杜佳祈　黃秉翔
姚友山　鄒琬婷　林戎依　陳慧凌

攝影：林聖倫

行走在夢的山脊間
——徐慶東老師

採訪：紀雯茹、呂雅琳
撰文：紀雯茹、呂雅琳

從太麻里談起……

徐慶東老師自詡是真正的太麻里人，小時候其實只有一到四歲居住在太麻里，四、五歲之後便搬到大武，直到大學畢業都定居於那裏。大部分的人對四、五歲之前的的記憶都是非常淡薄稀疏的，但因為老師對太麻里有相當深刻濃厚的情感，所以反而記得很多小時候有關太麻里的獨特情感，像是小時候的家，周遭居住的環境，與許多生活中點點滴滴。老師跟太麻里有一種很深遠的關係，所以對太麻里保存著一份很特殊、不能割捨的情感。

大學畢業之後開始教書，選擇太麻里的大王國中待了五年，重新回到太麻里的老師，也在這時候開始積極創作，重新為自己定位，刻意捕捉太麻里的意象。但是這段時間在太麻里寫的作品都是零碎鬆散的，沒有相當的結構來支撐想表達的概念。之後為了小孩到臺東教書，這段時間也是老師創作的空窗期，遇到了瓶頸，他說，創作必須要有距離，跳脫框架(太麻里)去思考去想像，用全新的角度去看待那個框架中的東西，如此才能寫出最真實的東西。老

師用了五年的時間控制自己不要創作，但這期間腦子裡常常有很多想法很多點子，怕開始寫作之後呈現出來的作品不夠好，作品會變質，所以壓抑自己沉澱那些想法靈感，第六年漸漸開始積極創作，回想在太麻里的傳說、故事、教書等事，開始書寫，這時候的作品才夠成熟。

我問老師「有沒有想離開臺東到其他地方發展？」，老師很堅定很認真的跟我說，對一個創作者而言，「土地」是最重要、不可缺少的題材，離開自己最熟悉的土地，書寫的東西必須重新定位重新改變，甚至要再重新融入認識那個地方的人事物，這必須花一段相當漫長的時間，所以老師選擇留在他出生的地方，透過詩將臺東推廣出去。從老師的回答，看得出他對這片故鄉的熱愛，真誠濃厚的情感。

徐慶東老師的作品量不多，他說自己寫詩很隨興，通常都是靈光一現，大部分都是小品。老師說自己的作品比較像知識份子、讀書人的書寫，融入很多自己的想像，不像另一位臺東詩人詹徹（農民詩人），與土地沒有相當密切深刻的結合。由於成長環境的關係，運用在詩中的女體譬喻相當多，主要出現在對景物的想像，老師有四個姊妹沒有兄弟，後來又有了兩個寶貝女兒，長期的生活經驗累積，使得作品風格較溫柔婉約。老師全家都是白色恐怖的受害者，小時候曾經目睹爸爸被抓走，因為爸爸是軍官，當時的警察到家裡放肆搜查，從此在他心裡留下無法抹滅的陰影。恐懼，跟隨著老師，白色恐怖在老師心中留下的大洞，彌補不了，靠著寫詩療傷，療那個心中最深沉最痛苦的傷。

訪談的過程是輕鬆愉快的，老師很親切風趣，幾乎是有問必答，還很熱情的邀我們一同午餐，比較像好朋友在聊天，沒有任何壓力感，在這樣一位詩人面前，可以這麼自在，真的讓我很驚訝。這場與老師的對談讓我學到很多，他說：「詩的美，就在清楚與不清楚之間。」，「詩，就是在門一開一闔之所見。」而且，很幸運地，老師不但提供他上課的教材給我們看，甚至讓我們欣賞很多他尚未發表的作品，然後一一為我們解說每一首詩其中的含意，甚至分享很多他隱藏在詩中的秘密，不論是讓我們感動到快掉淚的描寫父親的詩，還是浪漫醉人的愛戀情詩，都是那樣扣人心弦，即使不使用華麗的詞藻，還是能夠引導人們進入詩的靈魂深處。很好奇的問老師，情詩的靈感都來自哪裡，讀完都不禁感染到詩中所想傳遞的幸福氛圍，「詩人每天都在跟身邊的人事物談戀愛」老師回答。

獨鍾黑咖啡的老師，還教我們分享了如何品嘗黑咖啡，最能感受到咖啡的絕佳風味。一杯咖啡可以長可以短，就看甚麼樣的情況，跟甚麼樣的人。

詩，是每個人自身獨特的感受，靜下心來，聽聽、看看，身邊的人事物，用「心」感受體會一點一滴凝結在瞬間的美，那就是「詩」。

最後，老師送我們一首詩：

所有的美

在此

噤聲

成詩

作品為文本與讀者之間的對話。我們摘錄了一首徐慶東老師的新詩，以下是訪問老師與我們對詩的共鳴，整理出來的解析。

「初來」山中夜飲

1

咽喉七尺以下
焚燒如雪
今夜我們清醒的
如酒之初釀
如神明

以酒的純度丈量生的紛紜
以夜的濃度揣測你的距離
恆近　恆遠
恆明　恆暗
恆是旋開旋謝的
花香
你我的笑靨　紛紛
飄墜一地　抑或
提升為星
但至少今夜
貧瘠的手中

擁有溫存的
春雷十里

以生的紛紜丈量酒的純度
以你的距離揣測夜的濃度

當心中冬眠的
鏡子
從驚蟄中
醒來
典雅沉默的小窗
該推向
那一個方向

2

以等待小米的
心情
收割心中的
醉意

不堪寂寞的笑
揮灑成

滿天星圖燦爛

人造的美麗銀河啊
我們在這頭
塵喧在那頭
夜色酒色
調成布農的深邃
黑如傳說
今夜
我們高過小寒
　　高過蘇子
　　高過星斗

這時
是誰　悄悄
把一腔洶湧的小米酒
噴焚成

簷前的
那盞風燈

一、「初來」詩名釋義

1.「初來」為位於海端鄉的一店名。

2.作者第一次光臨此店。

3.初次遭逢如此大的困惑之心境。

二、詩眼的靈魂─酒

酒的意像在此詩佔了很重的比重，酒可以用來解愁，或用來助興，以原作者作詩的道家文風，應該是想要藉酒自放於山水間，跳脫世俗一切憂鬱，所以「以酒的濃度丈量生的紛紜」，酒精越烈，顯示煩惱越加繁雜，因而「以生的紛紜丈量酒的濃度」，愈深的憂愁，想要醉的慾望更大。

三、多用相反的形容

1. 咽喉七尺以下／焚燒如雪

   酒落咽喉，像在焚燒一樣濃烈，但作者又形容這個溫度卻如雪一般。究竟是火熱的？還是冷冽的？

2. 貧瘠的手中／擁有溫存的／春雷十里

   前面已表明了，自己的手中是貧瘠的，卻又握了春雷十里。那麼到底是貧瘠還是豐裕？或者春雷十里對作者來說，如芥子一般微小？

3. 不堪寂寞的笑／揮灑成／滿天星圖燦爛

   寂寞的顏色，總是灰暗的、深沉的，為何寂寞的笑，可以揮灑成燦爛的星圖？

我試著揣測原作者的心態，歸納出以下可能：

1. 利用鮮明的對比，使意境更分明，吸引讀者的眼光有點類似「鳥鳴山更幽」的象徵。
2. 作者當初在「初來」夜飲烈酒，也許已經到某一個程度的醉意，藉由語無倫次的比喻，顯現醺醺然之感。
3. 現實與理想之間，總是背道而馳，這正是作者憂愁飲酒之起因，所以由相反的事物來說明這樣的心情。

四、當心中冬眠的／鏡子／從驚蟄中／醒來／典雅沉默的小窗／該推向／那一個方向

此段是全詩的轉折處，帶點哲理的味道。經過一番沉思之後，答案終於於冬眠之中，如春之破雷震醒，而這一個答案，究竟會帶領作者前往那一個方向？原來不堪寂寞的笑，也揮灑成燦爛星圖，澄明而寧靜。於是高過小寒／高過蘇子／高過星斗，一切都跳脫世俗的框架，重新找到了新的定義。

▲攝影者：紀雯茹

生命的軌跡
——臺灣人類復育區

採訪：胡綵婷
撰文：林聖倫

要將臺東最原始的風情，原封不動帶到各位的眼前，不是一件容易的事，因為本身也並非是臺東土生土長的居民，所以言詞間也難免參雜一些外來人的眼光，我只能竭盡所能的將我所認識的臺東一點一滴的為大家介紹。

臺東慢調

臺東的人民是充滿韌性的，或許跟他們先天的生活條件有關，但是在他們臉上你看不出有甚麼煩悶怨懟的表情，讓人感覺到生存本身就是一件快樂活潑充滿喜悅的事情，生活在苗栗鄉間的我，對於臺灣中北部可以說是不算陌生，阿姨住臺北、姑姑住臺中更是讓我有機會到那些所謂的大都市遊覽一番，但是說句實在話，我還是喜歡臺東跟家鄉那彷彿如出一轍「慢的步調」多一點，而不是充滿便捷什麼都方便的大都市，隨便的相遇、隨便的錯過；隨便的取得、隨便的蹉跎，給人一種很忙碌的錯覺，好像你一放慢腳步就會被人超越的徬徨感，當然也並不是就這樣完全的否定了大城市對於人們的益處，但是如果只是單純的就選擇居所的問題而言，臺東這一塊偏遠地像是臺灣鄉間的土地，毫無疑問是我心目中的首選。

有人會說臺東什麼都沒有，我卻說臺東該有的都有了，甚至比別人想像的都還要多，那麼還求些什麼呢！？一切彷彿只是身外名、天邊雲，與臺東何干？一個人追尋著夢想還不夠嗎？一個家庭孕育了些許的生命還不夠嗎？臺東就是一個「慢」字，甚麼都慢了幾拍，就像心臟漏掉的那幾拍，透露著一點悸動、一點期許，也許這就是一種無須言明的生活情趣吧。

自己的主人，海洋的主人

臺東就這樣活過來了，慢慢來中又流露出一種從容不迫的態度，可能不懂這種態度的人，會將他們解讀成傲慢，但是我個人卻很欣賞這種堅持，這種堅持從臺東的店家便可以略見一般，它們可以不管顧客，說休息就休息，無預警的休假五天，只為了能闔家出遊，有很多人開了店卻被店給綁鎖，倒像是變成了為店工作的僕奴，就從最近的花蓮看來就是如此，我想臺東店家的閒適才是最聰明的的生活吧，大智若愚當個真正的店主人。

這樣的臺東道地風味可以孕育出怎麼樣的將來，想到這一點便讓人無限憧憬，或許沒有充分的資源，沒有先進的的設備，但是卻保留了最純淨的山和海，最純淨的人文，看向墾丁擁擠商業化的海灘再回首臺東一個人就能坐擁的海岸，前者得到的是熱鬧歡愉後的空虛，後者卻能從寧靜閒適中獲得滿溢充實的自己，你說到底該說臺東是落後的化外之民，還是現代資本主義中僅存的淨土呢？我為它偷偷貼上了後者的標籤，希望能有更多識貨的買家可以看見它的好。

少子化？！

將來的臺東怎麼樣也說不準，但是決定臺東未來的主人翁們卻在日漸茁壯，或著該說是日漸凋零呢？蔓延了全球的少子化風波，到底對臺東產生了怎麼樣的影響，又會對臺東的未來注入甚麼模樣的變化呢？

少子化現象全球都在談，那追根究底少子化，說到底還是得從人類繁衍說起，人類繁衍的行為，或許根植於基因的藍圖中，從得以考究，當代所知的遠古時代開始，人類為了與大自然抗衡而演化出了特別的機制，從具備生殖能力開始便不斷的繁衍，從現在的角度看來，或許是原始且可笑的哺乳類本能，但在當時死亡率極高的惡劣環境下，這種行為成就了日後人類萬物之靈的地位，隨著時代的演進，品種和種植技術的改良都減輕了饑荒的影響，而醫療水平的進步更是直接影響了疾病的致死率和人類壽命的限制，戰爭型態的改變也是其中一個因素，從前以人為主體的戰爭變成以戰爭機具為導向的戰場，已經無法有效抑制人口的增長，戰爭機具的殺傷力雖然明顯有效且提升許多，但是人口損失卻減少的原因，或許是現在的戰爭更偏向情報和軍備的拼鬥，而非從前士兵流血的拉鋸，而社會結構的變化，更是少了從前秦始皇焚書坑儒、法老修築金字塔群、希特勒種族屠殺，那種一人令下，千萬民死的氣勢，種種的因素導致了人口的增長已經到了一種不容忽視的地步。

在地球有其限制的生產力之下，人們仍毫無節制的取用自然資源，而社會進化的步伐中更存在一種人口等於生產力的迷思，幾乎是每一個發展中國家或已開發國家都經歷過或正在發生的，而縱

使在知道人口爆炸的現在，人類依舊故我，解決方法還未完善，就急著鞏固自身利益，怪不得會有「人類是地球的毒瘤」這種論調出現，現在人們更是自食惡果，過多的人口逼著人們面對現實，不得不正視被形容是地球癌細胞的－人類。

少子化是一種全球趨勢，同時也是一帖針對人口爆炸的藥方，但卻有點矯枉過正了，因為它的弊端實在是太過於顯而易見，社會充斥著高齡人口，而中低年齡層的緊縮將會把社會帶往甚麼樣方向，社會學家將其稱之為人口金字塔的圖型已經為我們做了一個可以預見的解答了。

有人會說要解決少子化，多生一點就好啦，但是生小孩真的能解決問題嗎？光從生小孩的動機來探討，究竟現代的家庭是以甚麼心態來撫養小孩就是一個問題了，是不甘寂寞想要寵物式的陪伴，還是壯志未酬恨鐵不成鋼的遺憾，亦或是動物式歡愉後副產品的責難，或許只是單純的生物繁衍子嗣的心態，這些都好，都好可笑，難道人類演化了數百萬年的時間，繁衍就只能賦予這點深度？

女性自我意識的提高，認為不結婚更自由沒有拘束和負擔，不婚主義的興起，也間接導致出生率的降低，這點倒是現代社會的一大難題，女性在古代一直扮演著相夫教子的專業角色，不但有著三從四德的約束，更得跟柴米油鹽酒醬醋茶奮鬥，到了現代更是不減反增，兼顧著事業為了家中雙薪燃燒著生命的女強人，結束了一整天辛勤的工作，回到家還必須洗米煮飯燒菜收碗，吃完飯還得孝敬公婆照顧小孩子，一個人多少的心思被家庭壓的喘不過氣，所以我真心的認為現代母親是世界上最困難的職業，也難怪她們會對婚姻嗤之以鼻了，不管換做任何一個人對於這樣的非人道待遇都會退避三舍吧。

但是出乎意料的，臺東似乎對於什麼都慢了這麼一些，就連少子化在臺東都彷彿發揮不了效力，不管在麥當勞、地球村、放學時段的大馬路上，都看的見為數不少的青少年人口，那麼臺東的人們都到哪裡去了呢？這也要歸咎於臺東生活步調慢，所以競爭力低，職缺少，導致人口外流嚴重，真是成也蕭何，敗也蕭何，對於我來說，其實「慢」的利還是多於弊的，畢竟困擾著全球的少子化，在臺東是出現了一絲曙光的。

緩慢之旅，東海車行看歷史

採訪：蘇柏翰
撰文：林宗翰

「只要我們願意，豐富之旅之後，永遠是另一次豐富之旅的開始。」
—陳幸蕙

對於謝清海老闆來說，六十年如一日。這裡是臺東市漢陽南路，從中華路往裡面看，一眼就能看到「東海車行」的招牌。沒有華麗裝潢的小小店面，那是種讓人一看就覺得「好舊好舊」的感覺，也是，幾十年的歲月刻畫，總不能只留下破銅爛鐵。又是一天清晨，臺東人不慌不忙地開始一天的工作。

謝清海老先生原籍彰化，父母都是閩南人，三歲時全家移居臺東。「那時其實還很小，記憶裡就是隨著阿爸阿母來到這裡。是很遠阿，而且當時的交通還不像現在這麼發達，全臺東只有兩條柏油路，一條是中華路，一條是中正路。」上了初中之後，因為「成績太好」於民國四十八年「提前畢業」。也沒有再繼續就學，便到腳踏車店當學徒。雖然在學校裡成績不甚理想，對於腳踏車卻存在著特別的天分，學習的過程非常順遂，不但沒遇到什麼瓶頸，僅僅十六歲就學成所有技巧，可以出師開店當老闆了。「因為我太優秀了，老師跟我說可以『提前畢業』，我就說到這裡啦。那時家裡的人也覺得說，不一定要繼續念書才有出息，就把我送去學腳踏車。當時這可是很熱門的行業阿！後來學成出來開店，生意也是很好做。」這一做就做到現在。

當時的店面並不是在漢陽南路，而是在臺東師範學院（今改制國立臺東大學）左手邊的地方，那裏可說是臺東市的「黃金地段」，除了師範學院外，還有緊鄰的臺東高中、東海國中等數間學校，每逢寒暑假開學期間，腳踏車經常賣到缺貨，不論是新車或是中古車。「我舊家就是你們現在的學生活動中心那裏，原本還有田地阿，店也開在那裏，生意好得不得了。你們知道嗎，前面那一排店家（指大自然素食到五十嵐飲料店那排商店）以前都是農業改良場的豬寮。後來師範學院要擴大，政府發現我們家那怪地是沒登記的，哎我阿公阿爸他們那時候來也沒想到要去登記什麼的，就給政府收去了，才會搬到這裡來。」這可說是人生的一個轉折，因為政府徵收土地也是以戶政事務所登記的為主，沒登記紀錄就沒有補助款。生意上也受到一些影響，但生活還算過得去。

說著，老闆拿出一些古早時期的腳踏車裝備讓我們看。首先是兩支鐵條狀的長軸，「這兩支叫做『輔助骨』，是裝在前輪跟龍頭之間的裝置。以前臺東這裏的路很差阿，坑坑洞洞的，腳踏車的材質也沒那麼好，常常要送來修理；其中最危險的就是前輪這裏，顛簸大一點會從中間斷掉，直直就往胸口心臟那插進去。所以要加裝這個『輔助骨』，萬一前輪的支撐斷掉還有這兩支撐著。」後來馬路鋪上柏油就安穩多了，現在的腳踏車也不再加裝『輔助骨』。接著是一塊鐵製的檯子，那是裝在後座承載貨物專用的，如此不起眼

的裝置竟然可以承受兩百公斤的重量！實在令人驚嘆。最後拿出一個紅盒子，裏面是老闆珍藏的壓箱寶：自行車車牌。從前騎自行車也像騎機車一樣要申請車牌的，後來因為越來越普及便取消了，現在的腳踏車已經看不到車牌，眼前的老車牌正是歷史的見證者！這有多珍貴？老闆說，在我這找到這一塊，全臺東恐怕找不到第二塊了。

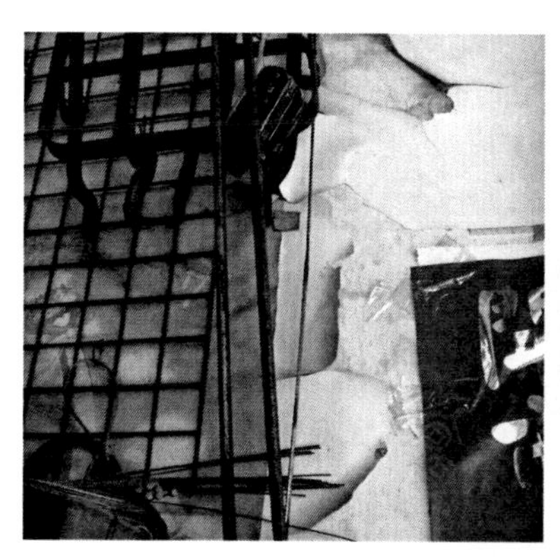

▲輔助骨

▲早期的腳踏車車牌

隨著時代的進步，臺東市也慢慢改變，除了路況變好，房子也越來越多。大賣場開幕使生活越加便利，但也影響了腳踏車店的生意。「大家就會想說那裏比較便宜，就去那裏買，他們也常常在辦活動阿，有一些同行撐不下去，就只好收起來了。我這邊是還好，認識的還是會拿來我這裏修，畢竟那邊買的品質還是有差。」謝老闆的好技術受到大家得肯定，也讓他沒有在這波大賣場的促銷攻勢下被擊倒。

此時，外面經過一群騎著淑女車的國中生。我們很好奇地請問老闆：為什麼臺東這裏不論男女都喜歡騎淑女車？這個問題從我們第一次到臺東時，就一直在心中徘徊著，在西部的城鎮大多是看到改造過的變速車，後避震器翹得高高的，幾乎只有女生才會騎緩慢優雅的淑女車。老闆說這是臺東人們「自然淘汰」的結果。「因為好騎阿，比較不會常常壞，這種車我們以前都叫牛奶車或牛（ㄌㄢˇ）車，因為它第一款是乳白色的，另一款車頭上揚的叫羊奶車，現在已經停產了。人們發現變速的造型好看可是很容易壞，那些變速、避震有的都是騙人的，就都回來買這種的，它的品質比較好。」

▲改良過的「牛奶車」

臺灣的經濟逐年成長，生活品質也越來越好，騎腳踏車也不再單純是為了工作，而有了更豐富的意義。且諸如油價提高、運動風氣的蔓延，都使騎腳踏車的人數越來越多。東海車行裏，老闆的身影依舊忙碌著，只是多了一點淡淡的滄桑感。「名車我也不敢賣，因為怕被偷阿，以前一個在學校教書的老師（指師專畢業出來教書的老師，從前大家印象中那個是「鐵飯碗」）要買一臺腳踏車，必須要存整整三個月的薪水才有；現在的家庭經濟都還不錯，常常就買來給小孩子當生日禮物。有的小孩子還很不珍惜，車子壞了也不想修理，直接買新的。」講到新車容易被偷時，老闆跟我們說一件軼事。當年曾有一個家庭狀況很好的媽媽要買車給小孩上學用，花五千元買了一輛嶄新的腳踏車，隔天上學就被偷走了。只好又回去花三千元買一輛，款式沒那麼新的新車，隔兩天又被偷了。這回媽媽學乖了，買了一輛兩千元不到的中古車，算一算一個禮拜就買了三臺車。

後來，一些腳踏車大廠進駐臺東（捷安特、美利達等），老闆還是依然做自己的生意，那是一種與世無爭的生活態度。「有什麼車就會有什麼人騎，用平常心去對待就不會被它影響。那些店開幕當然我的生意也會被影響，可如果你要它們做的那些零件，我也拿不出來阿，但是我的技術還在，有需要的客人還是會回來找我。我兒子們都長大出去工作了，我一天不用一百元就可以解決三餐，有什麼好跟它們爭的？」老闆說，未來不會希望自己的子女再走這條路，因為淡旺季的生意相差很大，就像我們採訪的這整個早上，竟然一個客人也沒有，但老闆並沒有因此而愁眉苦臉的。時代已經不同於以往，但這個技術可以學起來，因為這是永久不會被淘汰的東西。

我想，對謝老闆而言，腳踏車載著他從過去的臺東，到現在的臺東，而另一趟的緩慢的腳踏車之旅早就展開，前往。我們離開時，門口那只黑黑的、「好舊好舊」的工具盒閃著一點光芒，我們彎腰一看，裏面裝著謝清海老闆數十年來的智慧，以及臺東數十年來改變的痕跡。

▲專訪東海車行老闆謝清海合照　攝影：林聖倫

「傻瓜菜園」的傻瓜熙

採訪：林宗翰

撰文：李惠如

源起

臺東，後山的一塊淨土，有別於西部的繁華熱鬧，卻仍有一群在地的臺東人在此安居樂業。而從外地來臺東生活的人，不外乎是隨著工作派遣而來，或是退休人士來臺東安享寧靜的晚年，除此之外有一群更特別的人，為了實現自己的理想、為了追尋自己想要的生活而來到臺東，身為「傻瓜菜園」女主人的傻瓜熙（原名：李淑娟），就是這最後一類的人了。

熙熙和丈夫木頭兩人，原本住在臺北，卻嚮往臺東有山有海、自然悠閒的寧靜生活，因此一夕之間從臺北舉家搬遷下來，此舉已經夠讓人吃驚的了，沒想在臺東住了兩三年，兩人因為參加了政府舉辦的漂鳥營活動（鼓勵青年從農），竟因興起了從農的念頭！

這對夫妻倆，一個是廚師，一個則是寫小說的作家，現在男的不拿鍋鏟，女的不守電腦桌前，要到田裡玩泥巴、學種菜，真是嚇傻了眾人。

有人說：「難道你們不知道臺東的太陽很毒嗎？」，也有人說：「幹麻去種菜，那麼辛苦！」許是夫妻倆對於土地懷抱著太深的熱情，熙熙理直氣壯的回答：「如果都沒有人要種菜，那大家吃什麼？」是了，所以他們決心要實現自己對土地的理想，從一開始什麼都不會，毫無經驗的情形下，開始慢慢去摸索，於是——傻瓜菜園誕生了，兩個傻瓜，嘻嘻哈哈，不拿鍋鏟，不拿筆桿，大玩泥巴，只期許傻人有傻福，努力去實現他們看似很傻的理想！

▲傻瓜菜園

理想與現實之間

有時候人們滿懷報負，滿心想實現理想，然而對照現實情形卻總是無奈和妥協。對熙熙這對傻瓜農夫來說，還是新手的他們想必會遇到更多的挑戰。這首先就是在於選擇農法方法上面，熙熙說：「臺灣的農法目前有三種，一為：**自然農法**——先確定你上無父母要奉養，下無兒女要哺養，旁無債主要餵養．如果你無以上三點，那請放心去做自然農法。二為：**有機農法**——先確定你有金山銀礦不愁吃穿，如果你都有，那歡迎加入有機農業。三為：**傳統農法**——政府做莊，農民下注，每一次種植都是一場大賭局，賭本是噴

不完的農藥·如果你的良心是紅的，如果你的賭運不是太好，奉勸請勿進入，以免誤入歧途。」

這三種農法，自然農法也就是完全自然化生產，堅持不除草、不澆肥、不灑農藥的農法，以及秉持著鳥吃剩、蟲吃剩才是給人吃的自然精神，這樣子的農法，的確不是每個人都有能力做到的，熙熙已為它下了最好的注解！而有機農法，也並不是說做就能做的，除了基本條件，所耕種的土地要連續三年沒有噴灑農藥，而連帶週遭的土地也都沒灑農藥，這才是合格的農地，除此外，還有相關設施的設備費用，高達了數百萬以上，比之自然農法似乎更加難以達成了，難怪說這是有錢人才能做的事！而傳統農法呢，也就是一般最常見的農法，大量施化學肥，噴灑大量農藥，再用各種人工方法加工例如打生長激素等，用最速成的方式種菜，大家都知道現代人吃的雞鴨等肉都是打一堆成長激素的，卻不知道現在的青菜也打這玩意兒，反正傳統農法一切講求速率，用人工的方法想辦法把菜種的又快又漂亮就對了。

而熙熙自嘲自己是孬種熙，為什麼呢？她說：「因為我孬的以上三種都不敢做。我上有父母要養、下有兒女要餵、更有債主圍繞，自然農法，不敢。我既沒有金山也沒有銀礦，有機農法，不能。我賭運其差，良心自認長的不像黑炭，還是不要誤進歧途，傳統農法，不要。所以我將自己定位於灰色的中間農民，是遊走於農業邊緣的邊緣人。」何謂灰色農民呢？也就是遊走在中間地帶，夾縫中生存的農法。

▲被蟲咬得坑坑疤疤的作物

熙熙說：「我們儘量種以不噴藥的蔬菜為主，真需要噴藥的菜，就等藥期過了再採收，或是農藥不添加黏著劑，讓菜好洗，通常農藥為了防下雨，都會加黏著劑，讓它可以附著在菜上，達到最佳的毒蟲或治病效果，否則如果噴了藥正好沒多久遇上下雨，就會被雨洗掉白噴了。所以，加了黏著劑的菜是用水也洗不乾淨的，所以我們是真不得已要噴藥就會不加黏著劑，讓菜很好洗，不容易有農藥殘留。

而臺灣的蔬菜除了農藥的問題，其實最可怕的還是看不見又洗不掉的硝酸鹽問題。因為農作物吸收氮肥後，植株內會殘留硝酸鹽，而硝酸鹽是會對人體造成致癌的有害物質。

那關於硝酸鹽的殘留問題，就是使用氮素不高的有機肥，並且青菜的採收都是至少日出三小時後才採收，等它行過光合作用再採，因行過光合作用硝酸鹽就會揮發掉。除了上述的方法外，真要不噴藥，還有一個取巧的方法就是種改良過的抗蟲抗病的品種來減低農藥的使用，不過其實改良品種短期來看無害健康，其實長期來看怕是另一番災難，熙熙也是儘量避免的。」

以上就是熙熙和丈夫兩人所堅持的安全蔬菜！是的，就是農夫也要開創屬於自己的路啊，就從這裡開始，熙熙和丈夫木頭要勇敢的努力向前行！

逆向操作開創另一個新藍海

起初從農的新人，除了在各項事務的挑戰上，不可避免的還有關於同業的競爭，那麼他們是怎麼來看待這件事呢？

熙熙說：「當初我衡量我們自己的條件，知道比量比漂亮都沒法比過專業的老農夫。因為堅持不噴很多農藥，所以蟲害病害的結果產量比別人少，賣相不佳又得被打入次級品，拿一半的價錢。用這種條件跟噴很多藥的賤價菜價來相比，當然是只有賠錢的份。因為其它農夫都是拚薄利多銷，而我們也薄利卻沒多銷，那才慘哩。因為彼此立足的條件是不公平的，所以我一直在想不如逆向操作，不去搶市場性的大餅，反而種沒市場的這塊小餅。因為我們的條件就是資訊較快又豐富，可以比當地的老農夫有更多的新資訊，要跑也是跑在人家前頭。當然，為了保險起見，特殊的菜我是微量小試，反應不錯再增加，然後再慢慢增量開發。像紅秋葵、綠蘿蔓、菊苣是試了兩年才成功的商品，紅姑娘、甜菜根是一試就成功的商品。之前還試過一種新品種的特殊蕃茄，反應也很好，只是後來因成本太高，所以沒有再續種。而這些奇怪的特殊菜就因為臺灣市場沒有量產，所以病蟲害都少。坦白講，臺灣的農藥噴的多就是臺灣農業科技太進步了，一直在研發新的藥對付病蟲害，所以蔬菜和害蟲也一直在突變，所以幾乎市場性的菜不是蟲怎麼噴都殺不死，不然就是病害不斷，一定得噴一堆藥。所以不是市場性的菜沒受到農藥科技的摧殘，反而沒什麼病蟲害。所以我們的甜菜根沒噴藥也可以種很漂亮的，又圓又大。」

雖然丈夫木頭並不太認同熙熙的理念，覺得這樣熬，熬太久了。但熙熙認為說，在這不景氣的時代，講究創意的世代，不擁有自己的特殊品牌又怎麼跟人競爭呢？所以，他們一邊種市場性的菜，一邊種沒市場的菜，雞蛋還是不要放同一個籃子就是這個道理。雖然仍然辛苦，但熙熙還是相信，終有一天傻瓜菜園會有屬於自己的一片天的，那就叫做——**傻瓜的奇怪菜園！**

不是努力就會有收穫？！

開始從農生活後，一路上雖跌跌撞撞，但也慢慢累積了一些經驗和人脈，然而在財務狀況上卻始終拮据，而從農這條路就好像在賭博一樣，熙熙感嘆的說：「自己不只是個農民，還是個賭性堅強的賭徒！因為政府沒有一個有效的機制管理，讓資訊透明，讓農民知道同一時期其它農民在種什麼菜，讓農民可以分散作物種類，所以農民只能每次種菜都像在賭博，賭哪樣菜可能其它人比較沒種。

賭輸了，就是產量過剩，就是賤價到連成本都回不來。像是去年的蕃茄（應該說是去年年底種，今年年初的蕃茄）就是產量過剩大崩盤，結果農夫連成本都收不回來。因為蕃茄還要舖塑膠布還要搭竹子，病、蟲害又嚴重，肥料、農藥又吃的兇，繁瑣的田間管理（綁植株，摘側芽，摘心）也很費人力，如果價格不能維持平穩，根本就是直接毀園丟掉比較快。如果怕又產量過剩只能冒險提早種，可是提早種就得面臨天氣不穩不適，蕃茄不容易開花結果或得疫病的下場。」

所以說，種菜其實真的沒有想像中容易，尤其要照顧一大片菜園，跟一般我們自己在家後院種菜相比，其實也是不一樣的層次，加上各種天災人禍有的沒的，種菜要面臨的風險實在是太大了！熙熙說：「臺灣農民真的是很勤勞，不怕累、不怕曬、也不怕淋雨。可是，就是沒有健全的農業機制害慘了大家。農民的工作像在玩樂透，不知自己種的這一批菜能不能賺到錢？未來總是在未知裡。颱風來了，說是補助，可是也只是補助地主，像我們這種租地的佃農，根本沒我們的份，況且補助只是治標不能治本。為什麼政府不能拿補助的錢幫助農民做設施，在風雨來之前就給菜一個避風港，減少損害，這樣農民開心，消費者也開心不是嗎？這種治本方法，不是兩全其美嗎？為什麼總是要在災後發放補助呢？那些補助補不回農民的損失，消費者一樣買到很貴的菜，意義在哪裡呢？」一連串的疑問和質疑，熙熙說出了心聲，似乎也為其他農民朋友們發出了聲音，到底，政府什麼時候才能聽到呢？

果菜市場 & 農民市集

種菜種了這許多年，熙熙夫妻倆也已經累積了相當的經驗、相當的人脈，以及培養了一群相當的客源。種菜不是只要種出來就好，還要能賣出去才行，你的東西再怎麼好，如果賣不出去那也無法得到收入，因此培養客源是一件很重要的事。只是大部分的農民其實都只懂的種菜，不懂得如何與客人面對面，把菜賣出去。當然更現實的問題是，很多農民光是種菜就已經忙到頭昏眼花了，哪還有餘力和時間出去外面賣菜呢？所以大部分的農民只能把菜拿到果菜市場去，把菜賣給大盤商，但這似乎不是一件好事，關於其中的官商勾結，剝削農民的種種情事，是很錯綜複雜的，熙熙說：「農民常說大盤中盤剝削，到底大盤中盤是怎麼個剝削法？其它縣市我不知道，臺東的倒是可以分享幾個。

一、吃貨：有一個窗口，常常農民交十籃菜，結帳時會只剩七籃．去問他怎麼件數不對，他會說東西賣不掉，貨丟掉了！這種情形不只在盛產賤價時會發生，在量少價高時，他也會這樣吃貨，然後跟農民說貨難賣丟掉了，詭異的是，農民雖知根本是被吃貨，但除非有辦法自己賣菜，否則還是只能和窗口保持良好的關係！蔬菜窗口有一個這樣吃貨，水果的窗口也有一個惡名昭彰的，那個更扯，明明農民送到窗口都還沒下貨，就被要求直接送上貨車，件數是農民跟貨主算好確定是多少箱，然後也跟窗口確認過的，結果等到結帳領錢的那天，窗口硬是少算了幾箱，去問他，他說哪有，明明就只有那幾箱，比起上面那個說難賣丟掉的理由，這個連理由都沒有，直接賴帳說是農民記錯了！

二、吃價：農民送貨去窗口，貨都還沒下完，農作物就被立刻買走，買主和窗口買賣時農民也在，也看他們一手交錢一手交貨，結果，結帳時，一包明明一百五十元賣掉的東西，結帳金額卻變成一百塊錢。這種情況，上述那個吃貨的水果窗口也會幹這種事，他不只吃貨還吃價。他的行逕實在是太惡劣，所以臺果的水果農民都不給他貨，不過他照樣從外縣市進貨，照樣可以做生意，他擺明就是欺負臺東的農民！

三、價格憑交情：也就是如果你跟窗口的交情好，窗口賣你的東西就很便宜·所以明明同一等級同一時間的貨，價格可能差了幾十塊或幾百塊，一星期結一下來，價格差到上千塊都有。

四、價格壟斷：果菜市場窗口旁邊的菜攤就是中盤。他們就在大盤旁邊，搶貨功夫一流。批發一包一百元的菜，中盤向大盤買進，轉手再賣個一百三或一百五，尤其在貨少價高時，中盤只要把大盤的貨給搶光，他們就可以壟斷價格，一包一百元的菜可以用兩百元賣出，客人或是其它下游的菜販跟大盤買不到菜只能跟中盤買，中盤賺一手後，再讓菜販轉一手，菜價到消費者手上又翻新一倍了！

五、壓力壟斷：臺東的農民有個怪現象，那就是中盤商或消費者想直接跟農民買蔬菜，可是農民卻不敢賣，他寧願交貨給果菜市場，讓他們賤賣或抽手續費。為什麼會這樣？因為如果正好遇到該作物貨少的情形，突然今天交貨少了,果菜市場就會知道你的菜有一部份給了別人，這樣果菜市場就會刁農民，故意壓低價格甚至還有不收的。假設蕃茄好了，假設一農民平日每天都採四十包的量，遇到產量少，果菜市場有很多人等著要買蕃茄，如果今天突然少了二十包，這樣果菜市場就會懷疑另二十包他自己賣掉了，就會刁農民。所以農民看果菜市場的臉色過活，哪怕有人出比批發價高買，有的農民還是不賣，因為農民長期要靠果菜市場生活，如果今天為了有少部份客人要買，他雖一時賺到較多的利益，可是卻得罪果菜市場那是划不來的，因為那些客人不會長期買他的菜，而且也不可能可以吃下他所有的量。所以有時候農民寧願捨棄較高的利潤，也一定要跟果菜市場保持良好的關係。不過上述的情況是在產量少時，如果該作物產量太多時，農民少拿菜過去，果菜市場還反而高興呢！

也有一些農民平常就有在外自售，真的量太多，賣不完的也得同步給果菜市場，不過果菜市場如果知道你本來就有自己在賣菜也會刁農民，故意給比行情低的價格，要不然就是跟你說你的東西沒人要買不要再拿來了。所以啊，農民一年三百六十五天，大概有三百天都在看果菜市場的臉色，努力不讓自己變成冷凍黑名單裡的人選，那其它六十五天呢？那個是颱風天，颱風天災情多菜量少時，這時才是果菜市場看農民的臉色。而農民雖然在這六十五天可以抬頭挺胸，問題是，在大風大雨下，能採收的菜也沒多少啊……菜價再高，量就那麼一點點，賺的到其實不是錢，是久違的尊嚴。」

熙熙夫婦倆一路就是這樣走過來的，但深知這實在不是一個長期理想的方法，所以除了果菜市場外，他們也另外自己開拓了一些客源，像是早餐店、自助餐店、農會超市、網路行銷等等的。不過

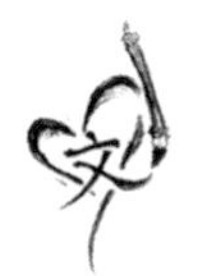

在熙熙心裡，還是懷抱著一個夢想，那就是開拓一個農民市集。熙熙說：「農民市集的理想就是：一來是可以幫助其它的農民，避免剝削，因為農民市集給農民的價格相當於零售價。二來是建立一個安全蔬菜的品牌（所謂的安全蔬菜是容易讓農民達到的，而口袋很扁的消費者也可以有權利用平價買到安全蔬菜，而不是對著高價的有機蔬菜興嘆著）。三來是有教育客人的窗口，當消費者的買菜習慣改變，自然就是鼓勵農民放棄農藥，讓環境可以回歸到一個良性的循環裡。」

從農了三年多，雖然熙熙夫妻倆努力想種出無毒安全的蔬菜回饋給消費者，但諷刺的是消費者卻又很找麻煩的要求吃漂亮的菜，雖然說大家現在也都很怕農藥，但是不噴農藥的菜難免就是會長的比較醜，那醜的菜大家都不想要，價格也會跌落許多，當然農夫為了滿足消費者的需求，也為了菜能夠賣個好價格，當然就是會噴農藥了，所以就形成了一種惡性循環。

▲剛採收的新鮮小黃瓜，但因為「不夠直」，市場上會打為次級品。

而支持農民種沒農藥的菜，第一步就是購買外觀不漂亮的蔬果。雖然外觀不漂亮不等於一定沒農藥，有的蟲因有抗藥性，噴了一堆藥還是殺不死蟲，所以這兩者不能劃上等號。但，雖然如此，不當外貌協會的消費者，確實是支持農民不噴藥的一大要素。所以，在熙熙的農民市集理念裡，就是希望能夠藉由這個平臺，能夠照顧到農民，使之辛苦工作的成果能不被剝削，另外也藉此能夠教育消費者，去接受看起來醜醜的安全蔬菜，而不要一味追求看起來光鮮亮麗，漂漂亮亮卻可能含有毒素的蔬菜，使之讓整個環境能夠回到自然良性的循環裡，因為要農民種出安全蔬菜是沒那麼困難的，只要消費者能夠接受種出來的菜。

所以農民與消費者之間其實也需要一個平臺來互相溝通，農民市集所扮演的就是這個中間人的角色。熙熙說：「花蓮的農民市集是單單提供一個場地，小農固定一個時間去那個場地賣菜，成為農民市集。不過，我想像中的農民市集並不是那樣。因為我們自己包括許多的農民，很多農民是只會種，並不懂得賣。更何況每天田裡都忙死了，哪來的心神賣菜，這是很多農民的無奈。但不直接面對客人，菜只能用賤價給果菜市場，然後菜再被層層剝削賣到消費者的手上。再者，在臺東要募集像我們這樣的灰色中間農民並不多，很多農民也不懂也不會自己推銷。還是得需要有一個強而有力的平臺來教育農民也教育客人。所以我想像中的農民市集是一群有理念並且分工合作能站在不同位置的人所組成的強而有力的平臺，各司其職，每個角色都要站對位置才能發揮效用。我想像中的市集跟農民平常交貨給果菜市場是一樣的道理，只是農民市集給農民的價錢

是合理的價位（接近零售價的價位）而不是像果菜市場那樣的賤價。一旦我們收購的金額合理，很多不是種安全蔬菜的農民也會願意配合我們改種安全蔬菜，因為價格比果菜市場的好很多。

當然，為了控管這些菜是不是真的安全，市集必需有人員常去關心農民和他們的農地，關心他們的種植情況，並且要固定抽驗蔬菜確保是不是真的無農藥殘留。再者是，市集本身有專業的銷售人員，是對臺灣農業概況能有相當程度了解的。能在每次買賣中教育客人，必需傾聽客人的需求。市集因為給農民的批發價是很高的，接近零售價，所以市集本身是不可能從這裡賺錢的，所以市集必需從蔬菜去發展其它加工品或延伸周邊商品，用巧思和其它行銷方法，讓蔬菜的價值提升，這樣價格自然也提升，成為市集的主要的收入來源．不過這樣的收入仍然有限，除非市集擁有本身的農地或農產品，否則長期推動永續發展似乎是個難題。所以，想來想去，還是得從自己出發。因為我們自己有農地有農產品，也有固定的客群。只是，市集需要的元素仍然有很多，我們只是其中的一個元素而已。而且，我很多東西只是一個理想，很多細節我並不確定我能做到怎樣的程度。」

這個農民市集的大夢看來結構很是堅實，但的確要實現也沒那麼容易，就像熙熙說的，他們只是其中的一個元素，要組織這個農民市集還需要更多、更多的元素進來一起實行才行。然後，上帝派來天使。對熙熙這個虔誠的基督徒來說，他的上帝雖然沒有讓他茶來張口、飯來張嘴，舒舒服服的過日子，卻在許多事上都給了應許和實現。就在最近，她遇上了許多對臺東這塊土地有負擔有理想的朋友，那些朋友聽聞了農夫市集的概念，很多朋友都願意獻上自己的一份心力，站在適合自己的位置，各司其職的一起來推動這個市集。

於是，就在一群志同道合的有志人事的努力合作下，農民市集似乎就快要推動了，目前他們正在尋覓合適的位置開展市集。而農民市集對兩個傻瓜們來說，這不會是個終點，而是一個新的轉捩點。真心希望他們在未來能有更多成長，讓許多農夫和消費群大眾可以一起努力，讓臺東這塊土地開始有個美麗的轉化，讓好山好水永永遠遠的延續下去。

▲努力工作的農夫－木頭

▲專訪傻瓜農夫合照

攝影：李惠如

風中的獵人
——亞榮隆·撒可努

採訪：郭宗翰、黃郁庭、黃靖宜、張嘉汶
撰文：趙仙玉、陳孟潔

問：當初是什麼動力，讓你真的義無反顧的回到臺東的家鄉？

答：其實並沒有義無反顧，是「前仆後繼」。以前回家的時候，都是從臺北坐統聯坐到高雄，再從高雄坐東南客運坐到枋寮，在從枋寮坐「小叮噹」（兩節火車）坐到太麻里，再從太麻理轉頂豐回家。有一天，我在我的筆記本上寫：「回家的路再怎麼樣遙遠，再翻過多少次的稜線，再問自己有多少次的要不要，但沒有任何的一個理由可以阻止我回家的前進。為什麼我不走北迴？從臺北繞過來？為什麼我不走北迴？我偏要選擇像歸寧一樣回家的路，因為當我越過了中央隧道，我喜歡出中央隧道，第一個太陽光，從窗外直射到我的眼，強暴我身體的那個感覺，因為那個記憶會讓我回到童年我跟祖父的道，回家，回家就是這麼的舒坦、這麼的舒服。」

義無反顧想回家，剛剛我的詩詞裡面有提到，我所有的景象、生命，都在排灣，甚至我的那個部落、我的那個地方。去了臺北，那不是我想要的地方，然後這群人的思維內心沒有跟我一樣，我形同陌路，回家的感覺，很棒。然後會覺得永遠不會有人趕場，永遠不會有人告訴你十點到了不得吵鬧，所以會喜歡回家。看到一群孩子的時候，會覺得那是一種責任，回家之後再回到臺北，會讓我更有力量。

問：想請問一下你從臺北再回到部落，帶一些新鮮的東西回到部落，會覺得那是為了讓部落能更加與外界接觸嗎？

答：「外界，外界就像，一個美麗的人。如果她很好，你就會愛上他。女人美麗的特質，是可以影響男人的。」這是我外公說的，一個男孩子如果每天講很好的話，像是跟阿嬤說，阿嬤你很漂亮捏！阿嬤就會笑，然後那天就會很高興，心情也會很好。就像一個女孩子看了很舒服，很美麗。然後，你再次回到家，帶著你去了一個地方，你所看到、所影響到的、感觸到的東西。

「我告訴你喔，有一個女孩子很漂亮耶！不知道怎麼形容，改天帶你去看。再說回來，假如換成去臺北看到一個女孩子很兇，跟他說話，她就說：『我不要！』這會讓我很受傷。跟他說我愛他，他就說我很醜，真的很受傷捏！」到時候再跟人說，我帶你去看個那女孩子好不好，人家會說，去看做什麼？

我要講的是，這世界就好像：有很好的女孩、有不好的女孩；有很好的世界，也會有不好的世界。但，唯有讓人提早接觸，去看見這樣子的世界，然後慢慢在部落裡面做消化，未來

這群人離開部落到那個世界，才會有感知：原來這世界是這個樣子。因為，你們都會感受到，沒有見過世面的樣子很好笑，真的有這樣的人。舉一個例子：一個很山地的男子，但是他見過的世界很大，他就會用自己的想法去想他的世界有多大，而不會用自己那麼大的世界來想自己。我也會希望說，自己是原住民，能保存自己的語言，保存那種淳樸，一輩子。

問：你會讓自己的小孩取漢名還是原住民的名字？

答：我讓自己的女兒取漢名，但是我自己想的是：她要擁有原住民的生活。我當爸爸、或者我當媽媽，我都要引發我的孩子。希望有一天等孩子更清楚的時候，她可以自己跟我說：「爸爸，我不要漢名，我要原住民的名字。」那是因為有多少個原住民他只有身分、只有原住民的名字，裡面（指內心裡）卻沒有東西。我這個當爸爸的想：既然我們是原住民，我們當父親的就有責任，要讓我的孩子像原住民，讓她有一天說：「爸，我要當原住民！」所以我可以想像，有一天我的女兒自己向我要戶口名簿，去將她的名字改成原住民的名字！

問：布農部落為了維護自己的文化，於是建了一個營區，好讓遊客都可以參與並看見他們的文化，也藉由此方式保存自身文化，撒可努有想過用類似的方式，維護排灣族文化嗎？

答：沒有。為什麼沒有呢？因為每一個族群都有每一個族群的特質。我當然很想要，為什麼不想要？我很想要，但我必須要說的是，這個例子對他們來說也許很成功，但，不一定適用在我們。我更要說的是，那樣子的世界，那樣子的方法，不是我想要去的。我自己帶很多孩子，很頂尖，我很難用這麼一點點的訪問時間，去說明這快二十年的時間，我怎麼把這群孩子帶起來。布農部落說：『給他魚吃，不如給他釣竿。』那我現在說的是：『給他釣竿，不如給他去找魚產。』

我的部落事業沒有事業，我的部落沒有輟學率。為什麼？因為我們從小就告訴孩子什麼時候要負責任，然後給予他們「會所機制的教育」。我一直在找什麼叫做原住民的教育，屬於我們自己的，然後當這群孩子長大後可以離開自己的部落去外面生活，十幾年帶下來的孩子，原本是高中老師的孩子當了高中老師，原本是國中老師的孩子當了國中老師，原本是國小老師的孩子當了國小老師。然後你可以想，我弟弟是高中老師，他的老婆從國中是學美髮的，但現在也是高中老師。那如果我的弟弟是國中老師，那他老婆也是國中老師，可以想像部落的教育水準，瞬間就是一加一了。

我自己看到的是，那樣子做是對的，就是我們告訴孩子一個方向。當然，我們很想要一個部落，重新有一個部落，我跟我們的弟弟妹妹說好了，那叫「六合部落」。有些時候我們一起生活，一起互相提供資源，這部落快完成了。雖然我們都有自己的工作，而我收的弟弟妹妹有的是漢人，不一定是原住民，但他們喜歡原住民的生活方式，那才是他們想要的一種生活方式，他們對我說：「哥，那才是我想要的生活方式，我不

要在臺北。」漢人可以這麼永遠的放棄自己的生活，投入原住民，跟我去山上打獵。我問他，為什麼喜歡，但他就說不上來，就是喜歡。他說：「哥，我不要再複製我的孩子跟我一樣，我要走也要給我的孩子路走，如果我現在不會爬山，怎麼教我孩子爬山？我不會運動，怎麼教我孩子運動？」我多麼想要，但我知道，我不會是第二個白鷺鷥。而且這世界也不可能會有兩個一樣的地方，如果兩個地方一模一樣，有什麼好？所以每一個族群都應該去創造自己的可能，畢竟排灣族跟布農族的思維是不同的。

問：那有沒有想過用什麼方法，跟布農族不一樣的方法，去帶下一代孩子？

答：我的孩子，如果跟其他部落的孩子做比較，我的孩子不會輸給他們。關於精神性，對自己的文化深度，是不會輸給他們的。因為我把他們當成自己的孩子教，唯有把他們當作自己的孩子教，那個才是你自己的孩子。如果可以的話，我也想將我熟悉的文化，讓大家更看到，現在的部落裡，我們可以提供更多的東西。

有一個高中老師，那天我們聊天，他說到：「我媽媽叫我從小就去讀幼稚園，比別人還早讀幼稚園，然後讀國中，讀高中，然後讀文化大學碩士班，然後去教一個學程。我從來沒有玩過，沒有荒唐過，沒有奉獻，不懂什麼是付出。」之後他回來部落，他開車子接送小朋友上下課，我問他，為什麼要回來？他說：「哥，我不要我的孩子跟我一樣，如果當初你沒有那樣子帶我，我不會知道原來我們有那麼多可以玩的事情。所以換我要回來，讓我們部落的孩子也可以像我這樣。」所以，這就是我們一代傳一代的精神，這對我們來說比較適用，因為我們排灣族到現在還是像武士一般的教育，很嚴謹。

問：請問你，對於部落的青年，通常都會透過什麼方式，讓他們跟你一樣喜愛部落的文化？

答：有很多人來找我，一直問我很多事情，例如：為什麼那麼多的孩子都肯回來部落？以前我們的部落，讀臺東高中的讀臺東高中，讀臺東農工的讀臺東農工，讀職訓中心的讀職訓。彼此因為程度不同沒有交集，也少有交集。但我一直在想這該怎麼辦？因為沒有交集可能會造成未來部落上的歸屬和認知上的問題。十幾年前，我就把一群孩子帶起來，帶起來後，我只能說要有很寬的心。常常心會受傷，因為這些孩子會像他們的爸爸媽媽，會問你阿：「我爸爸說一直跟你，然後又沒有錢、又沒有飯吃。」聽了心會痛，會受傷。然後你明明可以教他，而且明明可以教得比他的父母親還要多，明明知道他的父母親是生病的，明明知道是這樣子。

說一個重點，為什麼樣會喜歡這部落？假使我已經是他的爸爸，而我在這個部落裡，這個孩子開始跟我這個爸爸學習，他看到他爸爸所認知的一切。我問你，你會不會喜歡這個爸爸？你，是別人的孩子，然後有一個過程，你自己的原生父親

他都不理你，也都不管你，想到的時候才會管你。突然有一個人，他跟你說，你這樣子不行，你要選擇父母，還是選擇給你支持跟鼓勵的人？有一個案例，因為你們沒有經歷過這個，因為你們沒有被你的父親傷害過，因為你沒有被你的原生家庭傷害過，所以你不知道。如果依照這案例，他百分百會想跟你。因為，我們提供給孩子一個價值，我從來不把話講死，讓他自己去思考。陪孩子玩，去山上阿，男孩子很奇怪，像是打獵都會上癮、追逐獵物，都會很喜歡。然後，從那一刻開始，你找到一個讓孩子喜歡的地方，你就開始教孩子什麼叫「價值」。我跟你說，這孩子花十年的時間慢慢跟我，他會像我，然後，女孩子就喜歡這樣子的男孩子。當有人喜歡他，有人支持他，他會更堅信這個爸爸，這個爸爸住哪裡？這個爸爸住部落。

我講的東西跟別人不太一樣，你問我的問題很簡單，可能別人的回答也會很簡單。我講的很深，已經回到了孩子為什麼會喜歡。然後，開始喜歡部落之後，他慢慢的會在過程中思考，他會想要問：「哥，為什麼我們要這麼穿？這對我們的意義是什麼？」怎麼讓這群孩子愛部落，你沒有去愛過別人，那讓別人愛你嗎？你要讓孩子去理解，因為你在這裡，部落愛他們。因為這個部落，他無時無刻都會想要回來，所以他一定會鐵了心說：我是這個部落的人！

之後有很多東西要開始強化孩子，例如關於歸屬，孩子的歸屬跟從屬。歸屬的建立是在彼此的年齡，比如說你們都同一個年齡，但是，A跟B沒有交集、C跟D不會支持、E跟F沒有感覺、他跟他、跟他都沒有意識。我們住的地方就會像平地人的社區，打開門不知道對面住得是誰。所以我常跟弟弟妹妹說，你只要在部落久了，你只要帶把湯匙，就可以去別人家裡吃飯。這群人在一起之後，就有了感情，一起回家，而每一次每一次的回家，都在創造這幾個人的感覺，因而產生未來有歸屬感。如果每天都在一起，我們彼此的概念都會被打開，下次討論事情的時候，都會有彼此的默契跟相信，最快的就是不會再去討論事情怎麼進展，只會討論有沒有什麼方法是更好的。在一起這麼久，為什麼？很簡單，做事情找方法而已，不要再問這事情贊不贊成，只要任何一個人，他想要怎麼做，其他大家就好像蜜蜂，都有效率，大家都是一起奮力而戰。

問：有沒有可能是因為，部落的孩子認同你是他們的爸爸，所以才間接的認同這部落？把認同你與認同這部落畫上等號？

答：我小時候，沒有部落的那種概念，也沒有人強化我什麼叫「部落」，更別說部落的儀式，我那時候也沒有看過排灣族的人穿傳統服飾。我爸爸那個年代，為了滿足我們的嘴巴，在外面賺錢都來不及了，文化的東西顯得不是那麼的必要。我只知道我住的那個地方，有一群人是這樣生活，當我慢慢開始長大的時候，才受到很大的衝擊，當有人問我：「排灣族有什麼文化？」我那時候開始想：咦，文化？那是什麼？因為別人這樣問我，我刺激到了，我開始想像，有好多以前我看到的人，那團結，瞬時凝聚人跟人的親情，那種美感。

之後，很多老人家都提起以前怎樣怎樣的，為什麼我們現在不是怎樣怎樣呢？如果想去創造以前的環境，是很辛苦的，因為現在已經不是以前的環境了，現在的小孩漸漸的不一樣了。所以，我對我自己說，我多麼想要，多們嚮往以前那樣的人。所以，現在做到一件事，等我的孩子都大了，結婚的結婚了，你可以想像有多少小孩這樣，而這些人會成為這些部落的人，以後大家都會說這是「部落的人」，這個人像這個人，而這個人也像這個人，最後這個部落的人感覺都很像，大家都會說這是一群很特別的人耶！這群部落的爸爸媽媽都很像，而這群小孩也是。我現在做一個實驗，我對這個弟弟這樣，對那個妹妹也這樣，最後他們結婚了，然後我帶我的孩子出來，我給弟弟妹妹的東西他們會用在哪裡？他們會用在我的小孩子身上！所以每次我在看我的弟弟妹妹跟我的女兒在玩，就好像當初我帶弟弟妹妹一樣，這就會這樣慢慢傳下去。

問：有沒有想過和臺東大學的學生聯合，透過講課或者課外活動的方式，先由東大的學生開始認識並體驗排灣文化？

答：臺東大學的孩子都不認真！你們也被罵過了吧，也都被講過了吧！當然，我講不認真是因為有幾項原因，假使五十年之後，我們要讓山底下的人一直用他們的以為來以為我們的以為，一直用你們以為的來以為我們，但我們不是你們以為的那樣，唯有讓你們看到不是你們所想的那樣，你們才會理解認識我們的文化。但前提是，如果你們都不想來了解我們，我們唯有主動告訴你們我們的價值。

你問我想不想到你們學校教課，我當然想啊！為什麼不想？你們大學就在這裡而已，我那麼想讓你們理解我們的價值，唯有讓你們理解了解我們的生活是這樣，這樣我們才能開創彼此跟彼此間的認識。我的弟弟，娶了漢人的老婆，她們的爸媽都不來參加他們的婚禮，這是一種歧見。我當然想到學校開課，但我不太喜歡講文化：臺灣原住民分幾族幾族。我不喜歡講這個，如果說你們校長有一天叫我去開課，我想每天去聽課的都會爆滿，因為我很搞笑。

問：有沒有其他方法可以解除這種漢人的歧見，好讓漢人可以認同原住民文化？

答：唯有讓我們更多的人跟你們接觸，唯有讓我們跟你們一樣。漢人當博士，原住民也當博士，這是一種價值，當我們可以跟你們一樣的時候，就會產生一種平行的價值，而這價值產生的時候，我們跟你們說的話，你們才會聽進去，才不會因為我們的族群的關係就先關起耳朵。漢人很奇特，每次講一講都說：「因為你們加分！」很多父母親都這樣覺得，原住民考上大學是因為他們加分，但他們從來沒有釐清保障名額跟加分是不一樣的，所以我很鼓勵我的孩子，要他們能夠靠自己上大學。

問：「山豬、飛鼠、撒可努」有書本和電影的形式，想請問撒可努對於書本和電影的詮釋有何看法，較喜歡哪一種呈現方式？

答：很多人說喜歡看書，有的人說看電影會感動，我自己看腳本的時候快笑死！大家看卡通的時候覺得太誇張了。有人說書比較

好看，有人覺得電影很感動，但我覺得，文字是很能夠想像的，電影是更大的延伸，這兩者是不同的。臺灣的閱讀能力是下降的，所以我們要想辦法出一本書，讓大家在來喜愛閱讀，且有想像的空間。

問：《走風的人》一書曾提及「獵人的孤獨和寂寞，是精神和力量最大的來源。」也有人說從事藝文工作者多是寂寞的，請問撒可努也是在寂寞的時候寫下這些書嗎？

答：有多少個黑夜，一個人就一個人，每次我老婆她從房間聽到了我的笑聲便會問我說，你在笑什麼？然後過了幾天，就會改問你在哭什麼？每一次的黑夜幾乎是這樣子，在這寂靜的夜裡，寫文章的我幾乎都在感動。其中特別喜歡冬天的晚上，為什麼會特別喜歡在冬天的晚上寫？因為冬天冷就可以燒火、燒炕，那種忽冷忽熱的感覺很棒，如果很熱沒有冷氣可是會生氣呢！冷的時候寫東西可以讓人感覺很安靜，可以慢慢的喘氣呼吸，想到就寫。

問：請問現在你有比較欣賞哪位作家嗎？或有哪位作家影響到你創作的風格？

答：好像沒有……我爸說所有原住民作家都是大學生，只有我一個高中畢業。我喜歡夏曼，再來就是孫大川老師，他也是我們臺東當地的作家，他的東西很老人、很哲學，是卑南族的。夏曼老師是蘭嶼的達悟族，尤其他寫的《冷海情深》，簡直就像是在山上打獵的情景，只是他們握的是魚槍而我們的是獵鎗。而他在裡面有講到說，他夢到一天他要去捕魚，在路上跟他老婆說他不再回來，他老婆就問他說為什麼，他就說為什麼他想要去射魚，那是因為他的老婆太醜了，他想要去海裡面安靜。他想著「如果我知道海有多深，我只要潛到最深的地方去看看有多深。可是，我知道山有多高，因為都已經被爬完了。」

問：你在寫作的時候有遇到什麼困擾或是瓶頸嗎？像你說你會在寒冬的晚上時寫作寫到一半卡住，那這時候你會怎麼辦？

答：想睡覺的時候就會卡住，還有就是頭腦有時會停電。再來就是因為我不太會背成語，可是我有時又要用很白很土的話去解釋，如果無法表達我想要的意思的話，我就會很累、很生氣，想說這麼簡單為什麼會想不出來呢？比如說我要形容水果很多，就會寫沉甸甸、數大便是美或是滿山滿谷，可是我就是不要這樣子寫，我就要寫眼睛裝不滿這樣的東西，那個意境、那個意思，就想不出來，無法用母語去轉換，就像是人家說的辭窮，怎麼找都找不到。可是若今天突然想到，那就會像是瀑布一樣傾瀉！

有時候出去走走，在外頭深呼吸，然後喝一杯咖啡；再來就睡覺做夢，隔天就會感到很快樂很輕鬆。想到的靈感就會像月亮在地上一直滾一直滾無法停止！然後寫寫寫就會想說：欸？怎麼寫不完！

問：請問對於原住民的口傳文學你有什麼看法？

答：建議你們可以去看《排灣族：八里的紅眼睛》這本書。我為什麼會喜歡聽故事，是因為我覺得語言的魅力更勝於文字，文字雖然寫出來有它的張力，但它絕不是這麼地完全。國小的時候很喜歡聽老人家說故事，他每一句話的用詞用語真是用國語都無法形容的，國語是無法達到它的極致點、精緻點與優質。譬如說：我跟這個人的情感，我無法形容，因為一個人對一個人的情感是如此地昂貴。所以排灣族人在用語言表達與其他族群都不一樣，就是當一個族群在用它的語法表達時，若你聽得懂，你便會覺得它充滿著鬼魅跟靈力的力量，就像講話可以切開桌子那般。

所以我在小的時候，很喜歡聽老人家在講話，有時他們唱歌，那歌詞的意境你可以想到是：他想要一個可以與他奔馳在芒草上的人。他的意思其實是說「你是我欣賞的人而且實力還與我相當，唯有我們一同去，我們才能夠前進。」在排灣族的神話故事裡面，小時候聽了很多故事，但是我們的成長過程跟人家都不太一樣，所以這幾年我總是在收集些好笑的事情，它們卻不能說是口傳文學，只能說是一個小地方流傳的故事。

問：臺東是個相當於美國大熔爐一樣的地方，因為它有著許多族群的文化，互相包容和尊重是一定會有的，但是受到這裡其他原住民文化的影響，吸收與包容，可曾使你們改變了自己原有的文化嗎？

答：我覺得臺東這個地方的包容力的確是比其他地方都要來得強，就是因為我們生活太接近了，所以被比較的也會比其他地方還要多，那是因為原住民在這個地方還不像美國是透過立法去保障他們，兩者是不一樣的。但你說臺東這個地方是不是比較多元？的確，臺東是比較多元，但它就會有比較這個附加價值，這個是我在這裡感受比較深的。我們跟彼此之間的族群是不會在文化上有衝突，在文化的比較上都是以欣賞比較多，彼此的欣賞會促成某一個程度上的價值，而那個價值就定義上來說也不會很清楚。如果是與漢人來說，我們都還需要努力，這些都是我的認知。

漢人與我們之間歷史的傷痕是會被遺忘的，這點並不怎麼重要，但我覺得是彼此也沒有完全地放下，還有，一個民族它存在的意義，是本來就要被支持、被在乎的。像我自己，我會多麼希望自己是猩猩而不是個人類，我們都在山上生活，我們對山上的習慣與使用的東西，一但被警察抓，我們就會被當作是壞人。但有的時候我們卻未必被當作是人來看待，所以我才說我有多麼想變成猩猩，有被設保護區來保護牠們，可以吃自己想吃的東西，但那是一個比較消極的想法。

問：卑南的建和部落本是在知本校區這個地方，是之後才遷到他們現在這個地方。那麼排灣是否有部落也因國家的建設與政策而被迫搬遷的嗎？

答：排灣族更嚴重！在日據時代，只要是會戰鬥的民族，像是布農族、排灣族、泰雅族還有卑南族，但是卑南族比較算是已經知道生存的民族：如果我們越抵抗我們就越倒楣。泰雅族則是集體遷村，布農族也遷村，而我們排灣族幾乎沒有人留在大武山。在日據時代擁有槍枝最高的民族，就比例來說是泰雅族與排灣族，他們特別喜歡槍，特愛殺日本人，然後就被集體遷村。遷村是很恐怖的，像臺東市唯一的新源部落，從山的交界那邊不斷地遷村又遷村，遷到平地，讓他們原本習慣山的身體去習慣平地，幾乎失去戰鬥能力。你可以想像你的這雙腿，原本就適合在山裡面，一但來到了平地，它們幾乎就變成了廢物，而阿美族的腿本來就適應的平地，若你拿到山上去，人長太高了會常常勾到樹，這會讓他們無法在山上生活。

我想做個抗議，我們頭目說過一句話：「這一座山本來就是我們的，這裡的獵場、森林、河川、屯墾區都是我們的。這些，國家沒有跟我們要過，也沒有跟我們簽約就說是他們的，這個叫做偷竊。」之後沒有多久，我們的孩子被教育什麼叫做國家。當我們的孩子知道什麼叫做國家，他會知道這個不是祖先，而都是國家的利益，那是一件很恐怖的事情，我們的孩子正在遺忘。澳洲、美國、紐西蘭這些國家都跟原住民說對不起，臺灣卻不做這種事情，我感受很深，我們不用說在未來的五十年，會不會因為國家的政策，使一些部落從原本的地方遷到了國家給他們的地方。我有想過，舉例來說，一隻鮪魚要長二十五年，漢人吃了鮪魚怎麼沒有事？而我們原住民吃了一隻山羌就有事？若我們角色互換的話，是不是我們吃鮪魚就會變成不對的事？我想說的是，是不是可以顛覆一下你們的思考，重點還是「價值」。而這就是我們現在的處境。

問：你的職業是一名警察，當初為什麼會想要寫書呢？而現在又為何以警察為你的正業？

答：我沒有想過說是否要從事寫作，或是成為一個作家。那個時候我的想法是，在我們那個年代有工作就不錯了。之後我卻發現我不安於當警察，我不想當那種大家表面說的警察，原來警察的生命可以活很大、可以活很寬、可以活很長，它可以是無限的。別人會說我是「警察作家」，跟我是「作家警察」不一樣，讓人家看到原來警察可以寫作，那個兩者之間是不一樣的，但這兩者之間又會互相牽扯，有著很曖昧的情感。

問：原住民在我們臺灣的立場，以比例來說也只佔了百分之四左右，所以你們在社會上是否有碰過一些什麼不平等的對待？最後又是如何去克服呢？是接受呢？還是勇敢去反對？

答：我們從整個歷史的脈絡來看，從荷蘭、清朝、日據時代、國民政府到現在來看，我們的腦袋從荷蘭的國旗到清朝的旗子，從日據時代的旗子到國民政府的旗子，我們的心靈跟身體都是亂的，把一些人的腦袋打開，你可能還會看到有國旗在裡面。

你問我說有什麼樣的不平等，我舉一個例子：原住民本來的生活習慣就是採集、打獵，他們過得很好，很快樂，以生

物多樣性來說，這種採集與狩獵是必要具備的存在價值。但是以臺灣這樣的思維來說，漢人來了將犀牛角、老虎皮等製成中藥，因而被聯合國頒布了山林條款，臺灣促使了太多獵人入侵，就開始對臺灣做限制，限禁輸入跟輸出，國家逼不得已就在臺灣頒佈了野生動物法，這個法令根本沒有經過與原住民們協調，若是有相牴觸是要知會他們的，我們是直接被害的，原住民狩獵絕不犯法，去山上採集則全部犯法，原住民擁有槍枝則全部被當成流氓來管訓。再來是立法院頒佈了原住民基本法，我們好不容易有一個法可以保護這一群人，就好比頒佈了野動法可以保護野生動物一樣，臺灣頒訂的法永遠是後來頒佈的比先前頒佈的還要優先，在新法優於舊法的概念下，而原住民基本法是最後頒佈的，所以它的法律效益比其他的法律效益都要來得大，所以如果是原住民犯罪了，他就要用到原住民基本法。但是這個國家很奇特，你只要上法院，我們的檢察官都會選擇比較好用的法，若是原住民打到了野生動物，他們就不會用原住民基本法而是野動法、森林法去重判，而他就只能去賣地來賠錢。

總結：我們剛剛問了這麼多的問題，你會不會覺得我們漢人對你們原住民這樣是一種文化侵略？像是我們頒訂了這麼多法令，可是我們實際上也沒有說一定做到，像是讓你們從高山遷到平地，這樣子去嚴重改變你們的生活方式，在我們眼裡看或許就是一種變相的文化侵略、文化壓迫，那你會對這種情形如何去加以克服及面對？

我們原本住在樹上，我的比喻是指在樹上沒有任何地方會堵住我們呼吸，我們可以看得很遠，說話可以很大聲，在樹下的人會很大聲的說樹上很危險，要我們下來「我們的身體就在樹上，會比你們先感覺春夏秋冬的變化。」上面有鳥有松鼠，我們都住在一起，就像我們都住在山上，跟野生的動物們住在一起，樹底下的人會說你們怎麼會跟動物住在一起？快下來快下來！我們因而就這樣搬下來了，我們開始去接受樹下的文化、樹下的認知跟我們格格不入，因為我們的身體本來就是會搖晃的，我們的說話本來就是很浪漫的，我們的運動細胞是很奇特的，思維也是很不同的，但我們就是顯得格格不入，所以我們依然很認真地去想要融入。一旦我們跟你們一樣的時候，我們就可以互相理解。

記得我之前有跟你們說，我們總是不被人理解，但我們會去了解為什麼你們不想來理解我們。我們訴說著我們被冷落，我們不被支持，我們被孤獨包圍，這是很可怕的，我們明明跟你們一樣，為什麼都不曾想過要把你們的雙手搭在我們的肩上，我們之間為什麼要有這麼大的隔閡？我多麼想要有一天可以帶你們回到我們的樹上，去感受樹上的美好，坐在樹上你會感到風好涼，我們還會跟你說那是什麼鳥、什麼動物，讓你們知道在我們的身體上，是有很多可以向你們提供的。

我覺得，不可否認的在這塊土地上的人有認真努力，最起碼法的通過，只是為了讓更多人去認識，這些衝突不發生的話又怎麼會有衝突的效應呢？這些效應不累積又怎麼看得到這麼好的案例教育呢？我也希望有這麼一天你的兒子可以娶我的女兒，這樣就可以提

供更多不同的想法，這是我對這個世界與未來的期望。因為這裡沒有一個地方可以讓我們孤立，而這就是我的總結。

▲專訪撒可努合照

攝影者：林聖倫

新詩

評審老師介紹：

姓名　董恕明　助理教授

現職　國立臺東大學通識教育中心行政教師

學歷　東海大學中文研究所博士

專長　臺灣當代原住民文學、現代文學、文學寫作

姓名　王萬象　副教授

現職　國立臺東大學華語文學系專任教師

學歷　美國亞利桑那大學東亞研究所博士

專長　中國古典詩、西洋文學理論、中英翻譯〔英文寫作〕、美華文學、婦女文學、文學批評

杜康

王俊智

流過千百年光陰
已不再是糧食保管的驚慌疏忽
更不再只是當年樹洞裡意外，發酵
你搖身，已成淫穢的甘醇
你轉身，已流成冊上阡陌
多少英豪因你敗北？
多少帝王為你棄江山？
多少罪，多少錯
只因你誘惑而起。

皇帝欽啜的你啊
倉頡賜名的那一刻起
是猖獗濫觴，驟起
還是狂傲霸氣稱許？
為帝辛助惡的你啊
自豪化一池，光榮
抑淚滴自身存在？
解孟德憂的你啊
樂為梟雄唇下，感慨

或呢喃代愁苦悶？

流過的清明瓊汁
已不再清清，白白
濾過千萬愚昧身骸
洗出，一灘一灘，紅
驚駭多少屍骨的傑作
動容過，震撼過
終究亡後，哀戚

三人對飲下的你啊
樂得，忘我
忘了道給謫仙傾聽，結局
昏茫投月去了，那
後人呢？
前鑑

王萬象老師：此詩很不錯，結語似可再斟酌。頗能言傳酒中趣。
董恕明老師：小題大作，縱橫今古，氣宇非凡。

等待

白敏澤

煙火直線上衝
黃燈切換紅燈的焦躁
微風捲起掛在樹梢上冬季最後一片葉
雨滴沿著屋簷垂垂滑落
媽媽怎麼還不來？
車水馬龍的另一頭
電話中喘息沉默
貝多芬第二樂章結束
飛機降落
旅客不斷的湧出
舉著牌子等了又等
望眼欲穿的心跳
零距離面容靠近
你的臉,我的臉
呼吸打在臉上的悸動
林黛玉的清淚掉落在太虛幻境
人們倒數著2009的五……四……三……二……
未婚妻凝望著村口的寂寞暮色
等……

王萬象老師：此詩表現真愛旅程中的漫長等待，以意象並置的手法鋪陳生命中的片段場景，敘事描繪極其流轉自然，頗見作者巧思。最後四句可再作修改，講究情景交融，思與境偕為上。

董恕明老師：意象繁複跳躍，親情、愛情…的等待，各有面目，五味雜陳。

新生的神

余華修

我在天空上看著
人間的愛恨情仇
冷笑
細細品嚐
一顆顆受折磨的心

我在雲海中玩耍
降下一個個災禍
歡笑
仔細聆聽
一聲聲哭喊的哀慟

什麼時候該收手
或是使他們解脫
我想
一切沒有結果
反正
至少還有十萬年

如看小說一般
卻看不盡人世間的
續集

王萬象老師：以神祇設喻寫情，冷眼旁觀人世，似乎一切已超越此界，然箇中不免透露出幾許悲憫之思。

董恕明老師：似神非神，作者筆下，神友人的愛憎，無神的悲憫，果然是一種「新生的神」？

長安月下

李姿瑩

夜風　如水
欹臥在歷史的長階
我披上月之光華
宛如千年霓裳
醉灑　一盞清酒
亂舞　一束桃花
一種千年的淒豔
化作　襲人
香

王萬象老師：千年長安月下，得此光華清香。然終究是古詩新唱，
　　　　　　在歷史中沉酣的短夢，似乎與彼人世頗有距離。
董恕明老師：語言清麗，唯短詩要能自字珠璣，確屬不易！

遊走

周佳瑋

在山與海之後
想念乘著風飛行

心
緩緩進入夢田
深深解了疲憊
在半夢還醒之間
倒了一地月光

捉一朵月光，放在掌心
　呼
一口氣
吹走
　　吹走
　　　　吹走

我的思念便在太平洋
漫遊
　　漫遊
　　　　漫遊

撲通一聲

想念沉默了

月亮也是

王萬象老師：第四段情思過於顯露，破壞此詩的完整，宜刪改之。詩題不佳，未能點睛，亦應修正。

董恕明老師：筆隨意走，意中有趣。

Never Land

徐姿榆

不上鎖的窗
溜入頑皮的影
帶來了
夢裡的彼得潘

有沒有一個世界
沒有黑暗

Second to the right, and straight on till morning.
Neverland never never.
（永無島不再「永無」）

Hey
Peter Pan
我願和你一起
不　長　大

王萬象老師：烏何有島似較永無島貼近Neverland之意，第一段還不錯，可惜後繼乏力，宜改寫之。

董恕明老師：充滿看似輕鬆，實是沉重的期待，對「成長」（長大）的無奈與憂懼，流動在字裏行間。

距離

徐姿榆

無數的星在夜空中閃耀
如此耀眼　卻又如此孤單
一光年的距離到底有多遠？
星和星的距離是否到得了？

彼此的影子一再交集
如此虛幻　卻又如此沉默
零公分的距離究竟有多短？
影和影依舊沒有機會重疊

星和影的孤寂成正比
閃亮的表象隱藏多少淚水？
沒有人明白　只能默默等待
而那解除封鎖的鑰匙在哪？
宇宙？人群？

我　尋不著

王萬象老師：當星星與子影的距離消融在深沉的夜空中，那閃亮、虛幻又沉默的星子們，不就是人海裏孤寂、詭譎且濕黑的頭顱？是誰藏著那把解除封鎖的鑰匙呢？此詩頗得理趣，是距離，也不是距離。

董恕明老師：詩有深刻的探尋，「距離」在有形無形之間構成作品的張力。

殷商戀

張家瑋

妳說妳來自悠然的山中，而我則永遠堅守這座富麗的牢籠。

臣說妳是千年妖化的狐，而我則是被妳迷惑的玄鳥。

我說你是上天給我的燦星，而我則是守著妳縱容妳的淡月。

妳緩緩的報復世人將妳關在絕美的囹圄，我

偽裝成昏君成為妳利用的棋子。

請妳替魔懲處聖賢，請妳替我散盡王者模範，

請妳為自己找尋屬於妳的幸福。

王萬象老師：以現代人的觀點來詮釋殷商之戀，頗有品評歷史人物的意味，此類詩實則易寫難工，其識見理趣須得不落俗套，且摹人寫情亦必深入歷史語境。建議於結句前可再多作鋪陳。

董恕明老師：運用對話傳情達意，有豐富的意象、華麗的描寫。

梁祝傳

張家瑋

生不成雙，死不分。

巧扮男裝上書院
就此捨棄女紅顏
結拜梁兄是為緣
三年同窗情不散
心戀梁兄不得言
母病旦夕需歸還
只盼折花祝家莊

為得功名上書院
在此拜別慈母顏
結義賢弟祝英臺
三年同窗情難斷
心唯英臺不能言
況且賢弟本為男
思念英臺前拜訪
得知賢弟竟是女
待我花轎祝家抬

化蝶飛，永不分。

王萬象老師：古典重唱，難現新意。可用現代語言和情思再傳梁祝。

董恕明老師：再現梁祝深情有作者用心，「古典」如何能「自鑄新（偉）詞」，更考驗創作者的功力！

山的自覺

張嘉汶

我站著　我望著
佇立著　環顧著
赫然發現
我活在
群體中的孤單
孤獨中的群體
噓　別問那是什麼樣的生活
我沒有辦法告訴你
因為那僅是一種感覺
是我
對自己心境的自覺

王萬象老師：不錯的小詩，頗有理趣，以擬人化的手法表現出山的自覺。最後三句可再修改。

董恕明老師：以「山的自覺」對應「人的自覺」，物我之間，機趣乍現。

請留言

張瓊方

「我現在不方便接聽您的電話，
請在嗶聲後留下您的姓名以及電話，
我會在五點以前回電給您。」

「你現在不方便接聽我的想念，
我在嗶聲後留下我的微笑以及淚水，
如果你方便的話，也請讓我聽聽你的眼淚，
在永恆以前。」

王萬象老師：以電話留言的方式來表現愛情的矛盾，頗有小詩意在言外、戛然而止之趣。

董恕明老師：首段平易，第二段的轉折有機趣，使「對話」變得生動！

以光復四樓為海平面

陳孟潔

是純潔白淨的光　泛著紅暈　如豪雨般迅速投射　浸透

一池綠波底下的一片紅　映著光　反射無垠汗珠的晶瑩圓滑

舞弄　翻騰　徜徉　徘徊　總繞著個圓　密不可分

熟悉的音符奏起　像是不斷激起的漣漪　拍打隨即迴旋而散

紊亂的波紋　以拋物　交纏　不規則　往外擴去

直至末端掀起黑白簇擁的浪花　最高處的停滯便是片刻的寧靜

迷濛如一縷黑煙　鑲嵌似琅玕　幾顆珍珠與其相互碰撞

美麗的圓弧　不經意的畫到了甍　是遠處璀璨的星

不久後的氤氳　消弭一切生息　換來瞬間的孤寂

潮汐更迭　涔涔淚水只顧淡入碧綠的深邃藍

輕勾起的一抹笑意　由窗口俯瞰只是難忘的偽善

夾帶深深隱匿的酸楚　自己將被放生於另一潭翠綠　再一次循環

王萬象老師：不錯的散文詩，文字意象尚稱優美，詩題似可再修改，結構張力仍嫌不足。

董恕明老師：寓情於景，細膩夾纏。

嚼恨

陳致均

用曾經煮沸
微笑抵碎憐憫　舔
鐵鉤
刺穿腳踝
勾勒靈魂
頭皮慢慢剝開
真理潰爛
撕扯寬恕的肌理
抽出根尖銳的髮簪
輕輕拌著脊髓
吸吮抽搐
腥熱37℃紅
哎喲　泅泳煉獄的快感
徒手掐出跳動
深沉的痛苦
膽囊
毒藥香水
紙錢填充頭顱
忐忑　浸泡腐爛的詛咒

親吻閃爍的骨灰　羞澀
咀嚼
幾朵繡綠斑的
恨

王萬象老師：恨如何能嚼？皆因執著太過。此詩語言意象修辭俱佳，張力結構亦強，足以表現恨海中深沉的痛苦。

董恕明老師：精雕細琢遣詞用句，「恨」在其中，怨在其中。

一條名為鄉愁的街道

程珮瑄

在我歌頌她為香格里拉的故鄉臺東
有一條名為鄉愁的街道
他被太平洋岸的海洋與遠方的高山，深情的懷抱
是臺東小鎮最燦爛的花朵開放

當我的身影如葉子般飄揚跌宕
這條名為鄉愁的街道
總是以最熱烈的曲調
以她最璀璨的燈火迎接我
溫柔地為我飄搖的回憶點燃光芒

這條名為鄉愁的街道
信手可以拈來愛人的氣息
以及深釀在記憶井水中的童年印象
這條名為鄉愁的街道
在燈火中看盡了臺東小鎮的滄桑與興衰繁華
記錄了歷來市井小民卑微的背影與往事
滿載了多少回鄉遊子眷戀思慕的眼神
響落了無數異鄉客匆匆的步伐

這條名為鄉愁的街道
就藏在我內心的記憶深處
隨著我浪跡天涯海角
並且在最寒冷的異鄉夜晚，溫熱我的鄉愁
只因她是我後山故鄉最燦爛的花朵綻放
無論我浪跡到何方
永遠記得有一條街道
座落在太平洋岸故鄉
她的燈火璀璨飄搖
記載了我的青春與年少韶光
而這條街道的名字，就是鄉愁

後記：這條名為鄉愁的街道，就是臺東市的中華路。

王萬象老師：詩之語言意象不俗，張力結構鬆散，宜濃縮錘鍊。詩題太露，宜改之。

董恕明老師：嫻熟詩歌的表現形式，能自然的運用詩歌的語彙，敘事抒情。

小城女子

程珮瑄

當我佇立在小城街角的一片黃昏
落日的餘暉灑落在愛人的髮際
我要說：
「我的小城最最美麗，
這裡的女子最最深情。」

當春天的花霏紛紛飄散在你的心裡
當夏天的微風送走冬天的風雪
我們在小城彼此思慕，嚮往
當秋天燃燒的落葉載來冬季的風霜
這些都值得歌頌，而我要說：
「我的小城最最美麗，
這裡的女子最最深情。」

我的小城最最美麗
這裡的女子最最深情
而我就是小城其中的女子
如月光般款款愛戀著你
我愛上在小城中如葉子般跌宕的你

我要狂醉高歌
歌頌小城女子的美麗與深情！

王萬象老師：很不錯的詩，情思細膩深婉，令人頗為渴慕。何其美麗與深情的小城女子！以景顯情，情景雙繪，古意盎然。

董恕明老師：文筆清麗，疏緩有敘。

夢

楊淑安

思念是一條纏綿的線
在你我之間死結
一股熟悉的味道
喚起昨日的記憶
溫柔的臂彎　炙熱的唇
讓我傾聽你的心跳
跟著你的呼吸　閉上眼
隱約看到你我相隔在中央山脈的兩邊
傳遞微笑　心依舊貼著心
後來我一直在夢裡徘徊
試著想抓住什麼醒來
卻發覺　只剩淚水殘留眼角
也許達不到的
只在夢裡得以釋懷

王萬象老師：頭兩句設喻頗佳，結尾幾句失之顯露，未能留有餘思，費人疑猜，殊為可惜。

董恕明老師：比喻工整，或為情思纏綿的線索，如夢一場的悵然，作者筆下亦見深情。

縛

戴紫郡

即使事情經過那麼多年後，在靜得發顫的黑裡，
我仍是滿頭大汗，驚醒。
隨著微風輕應搖擺的窗簾，怎麼也搖不醒，
沉入鹹鹹的大海中，或許是眼淚裡的思緒。
懦弱的我，卻連了結的力氣都沒有，
赤腳漫步在無限延伸的碎石子路上。
究竟我錯放了什麼？這一刻仍是個謎。
那雙曾擁抱我的的大臂膀，如今成了我再也不敢碰的顫抖的手，
所謂的愛與尊敬，早已在某個令人害怕的夜晚,偷偷灰飛煙滅了。
我們如同敵人般傷害著彼此，你偷走我無知的心，
而我，沒收了你生存的理由。
我不願去想像你的絕望與孤獨，
你也一定無法體會奔騰的血液衝入腦門的混亂，
你說過，那是我今生無法抹滅的事實。
你愛我嗎？
黏膩的沉默表達不出什麼。
我愛你嗎？
我想我是個揹著罪的兇手，

答案　是什麼？

王萬象老師：似可改用散文來書寫，詩的語言、意象、修辭與張力皆稍不足。

董恕明老師：細膩的情景描繪，鋪陳出「縛」之主題的不可違與不可解。

癡情

薛怡欣

走在海邊的那個夏天
陽光溫柔照著他的臉
看見令妳心動的笑臉
無奈站在世界的邊緣
輾轉難眠

日漸徒增漫漫的思念
面容的憔悴愈見明顯
他許下玩笑般的諾言
妳夜半獨自茫然
一廂情願

王萬象老師：還不錯的歌詞，可譜曲以唱出這一腔幽怨！
董恕明老師：詩作如歌，強調音韻的協和，也帶出情癡的艱難。

天上的雲

謝稚文

我們會永遠

而我總是學著遺忘

在

　　悲傷

　　痛苦

　　失落

　　復甦

　　覺悟

　　　　　　　之中徘徊

天上的雲

不再是小時候記憶中的棉花　糖

天上的雲

染了新顏色

黑色的絲綢那般的　烏亮

因為你

天上的雲　　　改變了自己

她失去了雪白的光澤

她變得蓊鬱烏黑

她滴落的不是淚水

而是　　　　　　　血液
心臟的血液
會一直滴　滴　滴　滴　滴　滴　滴　滴　滴～～～～～～～～
答！！！！！！！！！
直到　她已無眼淚可以
流出

王萬象老師：這朵天上的雲沾染太多痛苦的情思，無論如何是再也飄逸自在不起了。語言意象可再創新，詩的結構張力不足，宜修改之。

董恕明老師：文字透露著絕望，成長的經驗中，不論悲或喜的考驗，都構成詩作中無邊的黑色與沉重。

外遇

謝雅文

我愛你
她呢？
你愛她
我呢？

太陽隕落了
星星高喊著
黑夜降臨　黑夜降臨　黑夜降臨了
你與她在旅館、在路邊、在草叢堆、在公園的座椅上
親熱
旭日又再度東昇了
太陽撥開雲兒　探著頭說
白色的簾布覆蓋這個世界　白色的　　白色的　白天
你與她　驚　醒
你迅速收拾衣物
跑回　家中
躺回　我們那張隔著海的　雙人床

王萬象老師：寫出現代人的外遇景況，結尾幾句尤佳，頗有畫龍點睛之妙。

董恕明老師：描摹「外遇」的激情充滿戲劇性，用詞簡潔，堆疊情境亦有力！

菜蟲

謝雅文

老農夫肩上背著數十公斤重的　番薯
一跛一跛走著、快走著、跑著、奔跑著
來到中央市場
氣喘吁吁的　放下這樣一大袋的蕃薯
汗　涔涔流下
這樣一大袋的蕃薯
卻只拿到菜蟲施捨的
幾兩銀子
淚　吞回肚裡
什麼也不能說　不敢說　說不出口的
無　奈
菜販買走了那袋蕃薯
用三倍的銀兩　換得那袋　甜薯
菜蟲將銀兩收在口袋
口袋重得產生裂縫
破裂
重到破裂
口袋　破　　了
是誰控制　這個　　市場
這個　　社會？

王萬象老師：寫實詩作設喻敘事應以婉曲深隱為佳，最後兩句實屬畫蛇添足，宜刪除之。

董恕明老師：敘述和議論構成詩作，燭照社會幽暗面的主題，可以見到作者語帶嘲諷的用心，但直露的抨擊，反而減低了詩的餘味！

顏色饗宴

謝雅文

黑色的獵人　跑啊　追啊　追　趕　著
接近獵物時
必須躡手躡腳
輕聲的　輕聲的　靠近
出現　　　了
深咖啡的兔子
出現　　　　　　了
牠的不安
出現　　　　　　　　　　　了
淡紅色的鮮血
奇妙的是
這血　摻雜些白皙
原來是晴朗的藍天下
有一大片　一大片的　白雲
掉落

王萬象老師：物色雖則盡態，情思卻是索然，名為饗宴，實如血祭。

董恕明老師：「顏色」在詩作中發揮重要的效果，從形象、意象到象徵，可以見到作者的巧思。

幸福

鍾雅霖

你為空白揮出一片天，
我為淡藍割了幾道線。

你為柔雲添了幾許灰，
我為天地拉了一幕夜。

你為靜謐綴上許多點，
我為濛黑掛上一彎月。

你為畫布勾了色，
我在心版把名刻。

你是我生命中精彩的扉頁，
濃抹出燦爛的笑顏，
注定在此世糾結。

王萬象老師：以具體的景物來詮釋抽象的幸福概念，頗為得當，詩之語言意象尚佳，唯末段流於俗套，宜改之。

董恕明老師：筆調含蓄，情意款款。「你／我」的相互呼應構成美好圖像。

我想抱抱你

顏麗芳

好久好久過後的現在
還是好難避免的
我好想你

說好了，不影響自己的生活
只能在那些固定的某些瞬間好想好想你
總是不夠的，你知道
有些想念是必須花上一輩子
甚至更多

說服自己逼自己不要再去想念
可是後來才發現
存在的不是想念，而是從來不曾遺忘過
過了好多個365天，可是卻還是像昨天才發生一樣的深刻
壓得喘不過氣了
我好想你

看著一張一張的照片
你笑得燦爛

我也是
還有那一卷僅存的錄影帶
是唯一保留記錄你真的曾經存在的聲音
不可思議吧
你甚至來不及經歷DVD的時代

發現自己長得不太矮，以女生來說
可是我卻不知道這樣的基因是不是來自你
還是只是單純的高個兒
我怎麼可以忘了你有多高，肩膀有多寬，手掌有多大
我好想你

我記得我曾經說過
那時候的我還有十年才可以從大學畢業
好久好久的十年
久到你來不及等我，來不及引導我該工作還是繼續念書

我記得你常常去陪我去上課
聽不懂但是你還是認真的作筆記
下課我們搭電梯看到監視器上寫著，錄影中請微笑
趁著沒有人
你陪我一起好幼稚，我們對著監視器露出大大的微笑
還找的到嗎

這卷記錄我們曾經一起幼稚的錄影帶

我記得你逼我寫日記
每天每天我覺得好麻煩好麻煩
所以總是放縱自己寫成是週記甚至是月記
後來你好生氣
你說要訓練文筆，不可以懈怠
謝謝你
因為後來有老師稱讚我作文寫的好

我還記得你總是寵溺的抱著我
你說我愛撒嬌
是最貼心孝順的孩子
可是我不是
如果我是的話，不會連你都留不住
我記得你常常在學校走動
做善事順便瞭解我們在學校做了些什麼
在走廊上我看見你
他們看你以為你是爺爺
那時候我才發現你比一般人還老
老到我後來真的失去了

常常在幻想

我只要一賴床
就可以發現你在催促我快點起床要遲到了
你很兇的語氣每次都嚇得我跳起來

或者是只要忙到沒有時間回家
你就會打電話給我跟我說有空就回家你很想我
甚至是你可以不辭辛勞的開車來找我
只為了見我一面
我知道你會做這些事的，如果你在的話
因為你好愛我

還有，當準備要期中期末考的時候
你會語帶威脅的告訴我
沒考好的話看我怎麼修理妳
當我真的沒考好的話，你只會說
下次再加油吧
可是我終究沒有加油給你看
我還是糜爛我還是好混
等到終於願意付出努力的時候，你在哪裡

有好多好多的幻想
幻想著你的消失只是我昨天晚上做的一個惡夢
醒來以後生活還是會繼續

不會停止
幻想著來不及聽到最後話語的那一夜
只是我夢遊的依據
幻想著撥出同樣的號碼你會接起來
問我想你嗎問我在忙什麼
幻想著你會因為我現在不同的身分而感到驕傲
因為你曾經很希望我擁有這種身分
幻想著我可以很得意很開心的跟別人說
剛剛你打電話給我跟我說什麼什麼
我的願望就只是如此
可是為什麼永遠不會有達成的一天

我好想你

那一個個睡不著的夜晚
我想了好多好多關於你的事
怕我忘記
記住的擁有的這麼少不能再忘了
所以我想要利用文字留下一些什麼註記
如果我又想念的話
我可以看一看，我可以假裝自己在跟你對話
我可以發揮雙魚座的幻想天性
幻想你在我身邊

你摸著我的頭，呵護著我
告訴我，你也很想我

我好希望你就在我身邊
就算只有一秒
那些累積的壓力也會隨著你的離去而消失
我想抱抱你

王萬象老師：雖然情思深刻細膩，但是語言不精煉，也無詩的韻味，建議可以採用散文書寫。

董恕明老師：敘述平易，情真意切。

你的孤單

蘇筠茹

或許　就是因為不一樣　才孤單
當獨自一人時
真的覺得自己更與眾不同
你是否在找那個呼吸的窗口
不遠處的自由
蛻變成你的灑脫
因為不強求而看透
漸漸形成已成定局的沉默
但窗戶已上鎖
找不到的出口
成為冷漠
化作塵封
無法觸摸

——攝影／蘇筠茹

王萬象老師：詩題不佳，太過顯露。詩之語言意象不俗，亦能曲盡孤寂況味，結尾幾句戛然而只止，引人深思。

散文

評審老師介紹：

姓名　賴素珍　講師

現職　國立臺東大學華語文學系專任教師

學歷　臺東大學兒童文學研究所碩士

專長　兒童文學、兒童文學與教育推廣

姓名　周慶華　副教授

現職　國立臺東大學語文教育研究所所長

學歷　中國文化大學中國文學博士

專長　文學理論、語言文化學、宗教學、兒童文學、臺灣文學、語文教學

人文學院破曉時

王俊智

凌晨三點半，我呆坐在冷漠無語的電腦螢幕前，嘀咕著夜的無情捉弄，當它一一吞噬掉眾人精力後，卻忘了對我施展睡意，這一刻我該慶幸睡意遺忘了我，而以「眾人皆『睡』我獨醒」自豪？漸漸地，寒意冷卻了腦海的波濤，思緒也隨之冰凍、沉沒，在深處。

起身，開門，走出寢室，步出空間的枷鎖，沒有目的地漫走著……我試圖在四壁的框架外，找回一絲仍躍動著的思緒。

昏暗的天際，爭先閃耀的星光，點綴這片世人共享的天花板，一絲絲感動湧現心頭，這就是多數人夢寐以求的浪漫？沉浸在星空的擁抱下，路旁的草兒似乎也睡了，不再像早晨那般好動；遠處的山巒靜靜躺在那頭，卻多了白天所沒有的沉默。這一刻，到底還有什麼是伴我清醒的？

走在往人文學院的路上，鵝黃路燈未停歇每一刻的照耀，盡責地驅離一小片、一小片的夜，路上的黑暗也被掃除的不再詭譎，與影子同步踏在柏油路，孤單卻被放大不少。燈光驅散我對黑暗的恐懼，勇氣伴著前進，前進夜晚前方的未知。

佇足於人文學院前，望著空無一人的廣場，回想起之前有人說：「到人文學院看日出，滿美的！」就是回憶中的這席話，驅使我邁向人文學院的大門。昏暗的燈光倒吊一旁，我緩緩走到樓梯，一階、一階走著。即使心中浮現數個駭人的靈異故事，但嚮往樓頂曙光的心促使我邁出每一步，不一會兒的功夫，我已經站在頂樓的圍牆邊，觀望四周的景色……。

抬頭仰望天際才發覺，星空不知在何時已經起了些微的變化。縱使星星仍舊努力綻放光芒，但卻變得黯淡許多，彷彿哀愁與月的告別在即。當下的天色出現星光、月光以外的隱約光芒，是黑暗與光明正在太玄極力拉鋸著！天地之間頓時增色不少，也增添了幾分詩意，右手邊是一條朦朧的山緣線、左手邊則是一片模糊的太平洋，而前方的路燈依然不放棄最後一刻喘息。立足在這得天獨厚的位置上，我感到一股莫名的強烈感受頓時佔據了心頭。

我屏住氣息，睜大了眼眸仰望，灰濛濛的雲朵已清晰可見，突然，盤據一整片天的烏雲在眼前慢慢龜裂，一道道光線透過雲的裂縫探進了大地，把一夜的混沌完全清除，山巒、樹木、花草再度甦醒，深吸一口曙光照亮的空氣，溫暖融化了冷卻的思緒。

這時，我懂了剛才的那份感受，是感動！彷彿我獨自擁有了全世界那種感動。

圖／張家瑋

周慶華老師：斯人憑欄遠眺，跟破曉清景相對，捕捉到了一些新詞麗句，可以再向繆思索取靈感。

賴素珍老師：如君臨天下般獨自一人享受那種「獨我」的悸動，是滿足？是空虛？不妨選一個不錯的清晨，漫步校園，登頂人文學院。

你們的背影

白敏澤

呼！呼！呼！我努力的向前跑，汗水不斷的從我的臉頰滑落，一直跑，一直跑，一直……我的生命裡曾出現很多背影，那些人、那些事情我可能忘卻許多，但是這一天我忽然想起，感到十分感謝。因為他們的存在，我才可以堅強的存活。

父親，一個不苟言笑、關愛女兒的男人。從小他就對我特別嚴苛，或許是期望過高，因為我總是挨揍，但是打著打著，小時後恨他的我竟然在多年以後衷心的感謝他。兒提時代看著父親的背影，總覺得很巨大大，到底要什麼時候我才可以長大？光陰飛逝啊！當我真正長大成人後，赫然發現父親的白髮多了不少，鬢毛都花白了，心中有許多感傷，他為這個家努力很久，吃了很多苦，但是從不埋怨。他時常會把我叫去訓話，可能那是他希望能夠與我貼近的方式吧！兩個人在一個房間默默承受許多事情，但是看見父親日漸矮小的背影，我卻一句話也說不出來，只能在心中反覆咀嚼。

高中老師的背影總是瀟灑帥氣，我喜歡看著老師下課悠閒的靠在欄杆上，手上拿著白色的馬克杯，觀看整個校園的感覺，那種預覽天下卻又不失飄逸的氣息，令我著迷。老師總是親切對呼喊他對我的專屬稱號，每次喊我的時候，一股暖流滑入我心。在當時，感覺全世界都拋下我，只有他誠心的相信我、拉住我、安慰我和鼓勵我，因為他的恩情讓我可以渡過痛苦的三年，但是這份情只能慢

慢回味，記憶屬於當時的影像與氣味。隔一段時間再看到他，多了中年男子的福相，但是他吃薑母鴨的背影依然帥氣，感覺更有隨遇而安的氣度。厚實的背膀承載滿滿的溫度，令人感到安心，就是這個氣息讓我在無助失落時可以得到一絲安全感。由於我的生命中曾經他與我同在，生命的價值才會如此豐厚。師恩真的比天高，看著他，使我不會忘記當初的誓約跟努力，想到這些戰鬥力源源不絕。

過了四年，有一個人我一直無法忘懷，是他讓我第一次感受到被呵護的感覺，是他讓我第一次學會孝順，是他讓我學會包容，是他讓我受傷，是他讓我展翅高飛。一定沒想過我跟他會分開，每當看著他離去的背影，眼淚就很不爭氣，當我讀到柳永的〈雨霖鈴〉，終於可以體會什麼叫做執手淚眼的感覺。雖然，這些日子發生了許多大事，存於這波時代的我們瞬間長大，看似成熟的外表，心裡的觀念依舊沒變，可能是中毒太深，讓我忘了我原本的面貌，他卻自得其樂，像樂魚一樣優遊自在，反觀我貌似還活在與他一起的時光，很奇怪的是，我逃脫不了，只要看到他又離我而去的背影，一瞬間的堅定馬上化為烏有，從走路的背影、騎著單車的背影、最後帥氣當車離去的背影，令我無法忘記。彷彿提醒自己不可背棄，癡人說夢，他早就離去，那顆心早就不知飛去哪裡，我的這顆心，也隨著他離去的背影一同遠走高飛，想要拾回這樣的心情了，當我下定決心的那一刻，把他給我的七百三十封信看過一遍，埋在鞋盒裡，放進最下層的抽屜鎖起來，拜拜！拜拜！

我曾經問過人，你有難以忘懷的背影嗎？那人低頭沉思臉上浮出微笑，「有的！在夢裡。」人生如夢，該醒來的時候卻不想醒來，不想醒來的時候卻醒來了。是悲歡？還是離合？是慶幸？還是苦悶？反正時間不斷前進，停留在時間點的短暫記憶與迷惘，會在茫茫人海中的背影裡找出答案，還有許許多多的背影正等著被揭發裡面的故事，請抓住那個背影對他說：「我來了！」

圖／張家瑋

周慶華老師：隔空說夢，情景會漂移；留戀背影，歲月想顛倒。「我來了」可以當橫批。

賴素珍老師：回頭總是感念，有感恩、有傷懷，輕輕述說成長路上的陪伴。

征鴻印象

吳裕中

人是有情感的，想想自己有時候也會因為天氣的轉變，憶起些什麼，就好像讀易安詞的時候，因為她這一句「萬千心事難寄」，竟讓我久久不能自已。要是李清照當時沒看見天邊飛過的雁子，這闋〈念奴嬌〉肯定會少了很多韻味。

那天，在寂寥凋零的後花園，正下著細細的雨，伴著斜風吹來，所以將門關了起來。這個時候，明明應該是花嬌柳媚的暖春，但這陣風雨卻讓詞人憂愁了起來。而後險韻詩成，扶頭酒醒，怎知醒後又是另一番愁苦的滋味。後來才明白，是看見天空裡的征鴻都過盡了，而自己的萬千心事，卻還是留在心裡，所以感到愁思不已。

閣樓上，連續幾日的春寒料峭，詞人於是將四面的簾幕垂下，就連平日喜歡憑欄望遠的習慣，也懶得再倚。一夢醒來，只感被冷香消，即便是如同自己的苦悶之人，也無法懶臥不起。而後看見清露晨流，連梧桐樹也冒出了新的枝椏，因此使她有了外出遊春的意趣。雖是日高煙斂，但最終還得看看今日的天氣，是否晴朗。

說起〈念奴嬌〉這闋詞，可是李清照閨情詞的代表作，寫的是她思念丈夫的心情，以及閨中獨守的生活情懷。從一開始的庭園蕭索，加上斜風細雨，繼而關起大門，其實已經由景象表達了自己的縷縷憂思，是一種關閉的、不為外人所道的「心」苦。因為天氣的關係，讓她想了很多，想著想著，只好隨筆寫起了難懂的詩文，並喝上兩杯。杜康解憂，當歌對酒，但此時的她，怕是唱不出歌來了。然後，寫出「征鴻過盡，萬千心事難寄」，道盡了自己心中日思夜想的悠悠情懷。這一句，不只讓我覺得萬千心事難寄，就是「萬千金銀」也難計。詞句價值，不可言喻。

思念是一種很玄的東西，如影隨形。自古以來，「相思之情」一直是文學作品的一大取向，而它也是一種十分巧妙的抽象實感。既然抽象，又何來實在的感覺？其在於它的捉摸不定，我們實際上感覺到它的存在，卻往往無法說個明白。

李清照寫相思，寫得如此動人，〈念奴嬌〉的萬千心事，說是幾百年來不絕於耳，也不為過。又說到她的另一闋著名詞作〈一剪梅〉，同樣以相思為題，看著花獨自凋零，而流水獨自東流逝去，兩個意象都有著同樣的相思情懷，卻只能是兩處閑愁。而後覺得相思之情無法消除，才下眉頭，卻又湧上心頭。

眉頭與心頭，就像是互相思念著的兩個人，一裡一外，相連一起。當你想念某個人的時候，不妨就抬頭看看天空吧，無論你身處何方，天與天都是相連在一起的，心上的那個人也會想念著你，也會因為天空與你相連在一起。

天空，望著天空，或許哪天真能看見飛過的雁子吧，只要你想念著。

放翁情懷

吳裕中

一般說來，陸游是一位愛國詩人，所思所寫無不表現出強烈的民族氣節，以及欲親身上陣殺敵的滿腔熱血。自己讀陸游詩詞，雖有感於他的氣魄與決心，但令我印象最深刻的，還是他在〈釵頭鳳〉這闕詞中所表現出的動人真情。詞中寫的是他對唐琬的一往情深，兩人經歷了許多曲折，以至於最終被迫離異，但他對唐琬的心卻從未改變。及至兩鬢斑白時，心中對唐琬仍是念念不忘，其情淡淡，卻是細水長流，直叫人難以忘懷。

這一天，陸游的心情很複雜。回憶從前，想起了心愛的人，一雙紅潤的纖纖玉手，正提著一罈美酒，走了過來。當此之時，恰是滿城春色，點綴著條條楊柳，就靠在宮牆邊上。而後東風一陣，吹開了兩人的朝朝暮暮，只感一懷愁緒，勾出了幾年離索，心中頓覺感慨萬千，真是錯了，錯了。但，他又能怎麼辦？

春日如舊，人卻空瘦。他哭了，哭得很傷心，淚流滿面，濕透了手絹，久久不能自已。他看見春風吹落了桃花，映照著閑池閣樓，想起兩人過去的山盟雖在，如今卻是錦書難托，捎信問候彼此直是難上之難，使他不禁感嘆，世上竟有如此的造化弄人。罷了，罷了，千言萬語，如今已是餘煙裊裊，都過去了。

錯了，他到底做錯了，但那是無可奈何的，這闕〈釵頭鳳〉道盡了陸游心中的無奈。若不是那日一遊沈園，巧遇唐琬夫婦，他或許不會有這麼多的感觸吧。他的愁緒起於沈園，致使他留下感懷之作於一面牆上，可能是酒入愁腸，化作了相思淚水，酒淚相和，而和出了一面千古流傳。

「傷心橋下春波綠，曾是驚鴻照影來。」陸游曾以沈園為題作詩，詩中所寫，仍是在懷念唐琬，一句驚鴻照影，唐琬便躍然紙上。而後夢斷香消，四十年過去了，此時此刻的陸游，依舊魂牽夢縈，依然款款深情，即便再過四百、四千、四萬年。

說到這裡，讓我想起了東坡先生也有過類似的作品，就是他回憶亡妻的那闕〈江城子〉，同樣寫思念之情，蘇軾的心境彷彿幽邃了許多。十年生死兩茫茫，那不是分處兩地的相思之苦而已，而是分隔在兩個不同的世界，這樣的十年已然穿越了我們認知裡的時空，縱有萬年，他還是只能面對一座孤墳。後來，他們在夢中相遇了，此刻兩人皆無言，卻已是老淚千行。短松岡、明月夜，蘇軾月下的誓言，不必思量，就是難忘。他，永誌於心。

自古情關難過，曾幾何時，多少英雄豪傑為「她」掉淚。雖說男兒有淚不輕彈，但感情的事，卻如此特別，縱是心似雙絲網，縱有千千萬萬結，一滴淚即能看見真情難絕，輕輕一抹，繼續走向明天，即使，心在下雪。

時間的速度

吳裕中

「五、四、三、二、一，嗶——！」計時器鳴聲，裁判哨音響起，這場比賽結束了。今年的屏東大專聯賽，我們七戰盡沒，由於球隊正值重建磨合時期，成績不理想或許是正常的。雖然只能敬陪末座，但也因此學到很多，在甲二級的比賽戰場，競賽強度的水平是以往所不及的，無論是技術水準、肢體對抗程度，以及觀念和視野的拓展，都讓我受益良多。

在賽場上，除了球技、體能、觀念等因素外，對場地的熟悉度以及比賽時間的掌握，也是很重要的，尤其時間進行的拿捏，往往成為勝負的關鍵。現行比賽通常為四節制，每節十分鐘，計時開始後只要裁判哨音響起，便停表使時間靜止。但若是一般短期的盃賽，考量賽程消化的效率，所以只在末節最後三分鐘哨音響才停表，使比賽進行更為緊湊，亦更能感受到時間節奏的快速。

甲二級比賽乃屬長期聯賽，只要響哨便停表，因此時間進行是比較長的。雖然如此，球場上的節奏還是相當快速，與對手的一來一往之間，通常只是十秒鐘的事。由於有時間限制的關係，場上的球員除了專注於比賽本身之外，還得留意時間剩餘的多少，尤其在二十四秒進攻倒數的時候，必須趕緊出手將球處理掉，因此對節奏的掌控以及時間，要有十分敏銳的感覺。

說到時間的感覺，除了場上球員對比賽進行的迅速感知，此外，自己倒是認為在場下的時候，對時間則更有一種不同的感受。坐在休息區，人是靜止的，但時間一直在跑動，這種感覺很奇妙。看著電子計時器的數字一分一秒在減少，慢慢的，直到最後一分鐘，五十九秒，五十八、五十七……。當下，我愣住了。時間進入倒數一分鐘之後，計時器秒數的後面出現了一個跳得很快的數字，快到看不清楚那是多少。那是一個比秒更小的時間單位，也是令我對時間印象深刻的一大關鍵。

我們常說光陰似箭，孔聖人也說：「逝者如斯夫，不捨晝夜。」旨在勉人要把握時間。然而，我們只知道時間過得很快，可曾真正感受過所謂「快」是如何的情況？可曾真正明白為何用「流逝」來形容時間？當我坐在場下休息區時，計時器給了我答案。時間若以一分一分來看，其實不算太快；一秒一秒，也還看得出來。但是，如果用比秒更小的單位來看，「流逝」的意象馬上躍然眼前。這才恍然大悟，原來，這就是「時間」。

時間是一種抽象的概念，你摸不到，也很難感覺出來，但卻又真實的存在著。很多時候，很多事情，總在不意之間，回首時不覺竟有輕舟已過萬重山之慨歎。只要稍加留心，一片落葉、一杯茶，其實都有著深刻的時間意涵。而我，在一場球賽中體悟到了這樣的道理，感受到了時間的速度。如今，球場上方的計時器仍在跑著，五、四、三、二、一。

角落・臺東

呂瑾瑛

我喜歡走路。

大概是小時候就常陪父親散步的緣故，我覺得走路比起其他的運動都要來的有挑戰性，但是過去的走路對我而言是一種成就感。從國小的「新店走到公館」，到高中的「新店走到臺北車站」，都是我單靠雙腳所得到的輝煌戰績。所以，我喜歡走路，但是那個喜歡，是基於一種享受崇拜的喜歡。

上了大學，失去了方便的交通，我開始靠著雙腳挑戰臺東，不過大一膽子小，沒敢嘗試亂走亂跑，所以討厭走路。看著同學們坐上機車，油門一催，兩三分鐘就可以到目的地，而我卻要走上十分鐘，還要汗流浹背，忍受同學們憐憫的眼光，此時要是再加上一句：「你不會騎車喔？」自信心頓時崩塌，走路成了無能的代名詞，乾脆待在宿舍裡，不出門了。到了大二，住在知本，別說喜不喜歡走路了，要花時間和力氣走到臺東，根本就是天方夜譚，小小的我被困在大大的知本校區，走不出去。走路是什麼？我只知道交通車，還有被一個新手駕馭，還經常摔倒的機車〈附帶一提，可不是我摔的呀！〉。我想那時，我大概連怎麼用雙腳這件事情都忘了吧！

終於到了大三，會騎車了。我學會了用右手催油門，學會了超車，學會了保持平衡。想當然耳，出門在外大多都坐在機車上，被從巷子裡竄出來的車子嚇得一身冷汗，要不就是連去附近買個晚餐都得插上鑰匙，享受一下駕馭龍頭的快感。母親說，剛學會騎車的人會一直很想騎車，但是騎很久的人都不會想騎，我想我就是那個一直想騎車的人。機車萬能，機車無敵，有了機車和駕照，我什麼地方都可以去了，雖然，那不是我的機車。

回了家，和朋友的話題不再是我能徒步走到哪兒，而是我騎著車去了哪些地方，發生哪些事情，又是一陣羨慕的眼光，我得意了。雖然，他們大多都是羨慕臺東有好山好水可以玩。

不過我們終將要回到最原始的地方，沒錯，就是雙腳。雙腳是老天爺賜給我們的第一個，也是最後一個交通工具。我還是得回到最初的狀態，只有雙腳的樣子。

前一陣子，我一直很崇拜的人要來臺灣了，於是下定決心要減肥。當然，減肥不只有少吃而已，還要多運動，看了書之後，發現每天都必須要走半個鐘頭。我想，該是時候去重溫兒時的回憶了。

一開始，只是一個黑夜，我在黑夜裡聽著MP3，獨自在快要打烊的店家前，快步走著。我選擇大馬路，心裡只想著要怎麼走才能繞遠路，嘴裡唱著歌，不停的看著錶，注意是否已經超過半個小時。回到家時，已經精疲力盡了。黑夜畢竟是孤獨的，於是再下來，我選擇了下午，一樣，聽著MP3，漫無目的的走著，此時的下午仍是孤獨的，因為從頭到尾都只有我一個，要是沒有MP3，我想我大概真的會慌張的無所適從吧！

從固定的大馬路走到小巷子，是幾天之後的事情了。從一成不變的生活中，選擇了小小的改變。我憑著直覺，走著沒有見過的路，到了海濱公園。而在那段路上，有幾間小廟，我毫不考慮的就

走了進去，雙手合十後，就聽到了狗吠聲。幸好那隻狗是搖著尾巴走過來，於是我伸出了手輕輕撫摸它。抬頭一看，兩個老人就坐在那兒，要我坐下。

有的時候是很單純的，沒有任何心機，只是想坐下來，就坐下來了。於是我用著破破爛爛的臺語和他們對話，不過，大部分的時間沒有對話，三個人和一隻狗就這樣坐在那兒，看著桌上的零食，摸摸肚子，摸摸小狗，喝喝水。狗有一點騷味兒，但我還是不停的摸著它，讓它靠在我身上，露出滿足的眼神。老人會突然說起過去的事，要不就是問我為什麼走到這兒，說不到幾句，又安靜了。

我想站起來，卻又捨不得站起來，我喜愛這份寧靜，勝過都市的車水馬龍。一杯被大太陽曬溫的水，也比星巴克的咖啡美味。這時我才體會到，平凡，也是一種享受。

等到真的離開時，已經是半個小時之後的事情了。我選擇了繼續前進，把回憶停留在最美的一刻。這時，我真的愛上了走路。這份情感，不再是沉浸於名聲當中，而是真正在享受這件事。

這時，MP3換成了相機，黑夜換成了白天，沒有音樂的陪伴，只有風聲不停的在耳邊呼呼響起。我捨棄了大馬路，選擇了小巷弄，路途中不再是人與車，而是小花小草。我忘記了時間，享受著臺東的每一個小角落，期待著與每一個陌生的緣分碰面。我拿起相機，拍下了無數朵盛開的花兒，看著蒼老的小狗吃力的經過我身旁，小貓們總是在暗處偷偷看著每一個過客。我走到了鐵道的盡頭，只見一張老舊的時刻表，和阻隔前進的道路的雜草，面對著中央山脈，我聽見臺東這塊土地，用相當細小的聲音對我說，這裡不是後山，而是天堂。我似乎想起了什麼，轉過身後，帶著笑容繼續走著。

每一座城市有著不同的氣息。我在臺東，臺灣的角落，它安靜，沉穩，卻比其他城市更有生命的感動，自由的氣息。

而我，正在這小角落中自由的走著，努力的活著。

以為會很孤獨，但其實很幸福

李怡蒨

以前就想對自己說，但擱著就又忘記了，現在說不知道還來不來得及。

在很多的日子裡，總會想起要是自己把自己拋出去了，會怎麼樣？

就像是懵懵懂懂的到陌生的城市去尋找陌生的感覺，強迫自己去熟悉那一切。可能一方面得說服自己要開始記憶新的事物，一方面，又要學習著遺忘，是那些舊的過往。每次都說，絕對不可以哭。那是因為不想讓人看見軟弱，無論是倔強還是固執，感覺哭了好像就先低頭、輸了。可是有時候還是會受不了的，把臉塞進枕頭悶住，以為這樣眼淚就出不來了。

人到了一定的時候好像就會開始想要回首過去，明明我們也才多大而已，就開始在談論著：欸欸！記得小時候爸爸媽媽不在家出門的時候會跑去偷玩電腦、偷看電視，然後在他們回來前十分鐘還會用吹風機、濕毛巾把電腦電視用冷，因為爸爸都會用手去摸摸看後面有沒有熱熱的就知道我們有沒有偷看了；還有小時候做了什麼樣好笑逗趣的壞事，雖然沒有很久遠，但是回憶好想就真的在眼前活起來了一樣，那樣的真實。也好像真的是這樣的，童年的糖，總是最甜的。

好像到了現在都還沒真正的長大過。

以為出外到了陌生不熟悉的世界會遇到很多的挫折很多的痛苦，或許會把自己摧殘的很慘，然後又可以惕勵自己，讓自己長大成熟，但是好像並沒有想像中的那樣可怕，或許是環境沒這麼可怕也又是因為身邊總是出現著好多好多的貴人。

無論是以前還是現在，週遭真的讓我很幸福的感覺都有。

是你們在我快摔倒前先扶住我提醒我前面有石頭要小心，在悲傷無助的時候給我力量、幫助和鼓勵，還有家人給予的歡樂更加珍貴，更是我的寶藏。常常有很多的體悟在生活中，但似乎本身就不是個感情細膩貼心的人，不想將依賴養成了習慣，總會有許多的情感讓我感動了，但沒有努力的記憶，於是在下一秒又忘記了，感謝的話也就常忘了說出口，有時候會很討厭這樣的自己說真的。總會很想要擁有那種深刻的感覺，那種就像深呼吸一樣，要深深的呼吸、吐氣，才可以真正的把空氣內化到自己體內去的感覺。

可是好像又覺得，太滿的愛，似乎常常給不起。

圖／張家瑋

周慶華老師：夾議夾敘三階段的變化，說出了常人內心的感受；尤其結尾，寫實又帶警意。

賴素珍老師：成長是美的記憶。

綠島

洪宇馨

船一靠岸，我們便踏上這座翠綠的美麗小島，放眼望去這座小島全是小巧不高的房子，生活在這裡的人們膚色較深，路邊可以看見把羊或鹿當成寵物拴在門口，這個地方有一種不同於臺東的特殊步調，是一種比臺東更悠閒更能讓人放鬆的感覺。這座小島四面環海，因此更容易接近海，隨便一家餐廳或早餐店進去都有提供觀海座位，因為無時無刻都可以看見海，所以在這裡心胸可以更開闊，每天都可以有好心情，抵達後不久，我們便騎著機車開始環島旅行。

其實這是一趟輕鬆自在的旅程，沒有時間的限制也沒有惱人的事情，只要專注於眼前美景，就會忘卻所有不開心的事情。綠島的路多是水泥鋪的，所以騎起來比較顛簸，綠島也沒有所謂的紅綠燈，除非是喜歡飆車的遊客，否則這裡的人都一派輕鬆地慢慢騎車開車。很難想像這座小巧的島嶼上，也有高起的山坡地，山海交接處一條漫延的環島公路，鹹鹹的海風撲鼻而來，耳邊可以聽見海浪擊岸的拍打聲，隨著路面的起起伏伏，內心也跟著澎湃著，心裡總是這麼期待著，也許下一個轉彎又會出現更美的景色。

浮潛是這次旅程最難忘的經驗，大概也是人生目前為止最難忘的經驗，這是一個沒有被污染的海域，身置在魚群之中的感覺很奇妙，這裡的魚不懼怕人類，看到你手上拿著他們最愛的吐司，便集體衝了過來。海裡面的世界比自己想像中的更美，比在電視上看到的更真實，聽著教練講解各種魚類，許多耳熟能詳的名字像鸚哥、河豚、神仙魚、小丑魚等，但以前都只看過他們在水族箱出現，或者在電視上出現，要不然就是卡通人物，這樣親身體驗與觸摸真的很令人興奮。

回程的船上因為提早吃了暈船藥，因此沒有像來的時候那樣，每個人都吐得亂七八糟的。這樣兩天一夜的行程很快地就過了，就像做了一個短暫卻美麗的夢，還沉醉在其中的時候，突然，夢醒了。期待下次與綠島的再次相會，我一定還會再回來的。

圖／張家瑋

周慶華老師：綠島風情，盡在筆下；可知當地的雲天和地形雨更奇？

賴素珍老師：海風的鹹味，海浪的澎湃，海水的清澈，透過嗅覺、聽覺、視覺，帶領讀者體驗綠島的令人期待。

海與月

高京佑

今晚的月亮變得不再朦朧孤寂，身邊的星兒們慣例性的雙雙成對歡樂去了，今晚浪潮的聲音變得更加清楚，是他們在敘舊吧！鬱鬱海水一直都是美麗月娘的唯一，他們每三十天的相遇，只出現在短短數小時之間，每每總快樂得令人忘記時間的冷酷。即使如此，卻恩愛地堅持做了好幾世的夫妻，他最愛她圓圓俏皮的臉蛋，圓圓可愛的身形，以及暴躁太陽所不及的圓融好脾氣。今晚對相愛卻不能在一起的海與月來說，是難能可貴的大好日子，她決定再度為他展開笑顏，打起精神將數不清的淚痕擦拭乾淨，以他最愛的姿態嬌羞出現。

大海一見到心上人，內心的澎湃使他瘋狂，他不斷努力拍打所有沿岸，讓所有礁岸成為自己觸碰月娘的墊腳石，渴望這次能夠成功的擁抱摯愛，不要再讓她默默帶著遺憾離去。黑暗中，月娘希望自己擁有上帝的能力，可以掌控一切所想要的，如此她就不再會是那個軟弱無助的。

那一天猶如世界末日，水火不容的大地，將人類生活弄的不堪，人類之母女媧為了子子孫孫，決心用盡心力補救一切，女媧煉五色石以補蒼天，斷鰲足立天地四極，止洪水，滅烈火……。原本每隔久久一次的擁抱，成了永遠的接觸不到。大海這次還是只能假裝樂天的安慰著：「天地萬物都有悲歡離合，再難得的聚會，哪有不散的……。」月娘開始聽不清楚大海說的一字一句，視線也隨著光芒露臉而更加模糊。她知道再多留一刻都是不被容許的，就算悲傷無法止步，也只能無奈相信大海好久以前曾說過的「總有一天……。」

天亮了，她走了，失敗了，大海堅強轉過身迎向陽光變為蔚藍大海，他認真的過每一天，等待她下一次的出現，因為唯有認真的生活著，才可以感覺到時間的流動。

圖／張家瑋

周慶華老師：童話式的寫法，海滿，月也滿，情更滿。

賴素珍老師：擬化自然現象為聚少離多的情愛，刻劃相聚的期待、離別的無奈與釋懷，字字中肯。

洋娃娃

陳玫均

黃昏，我凝視著你房間中的觀葉植物，從低垂的睫毛下看著漸層的綠葉，數個小時不動，彷彿凝視自己的身影，直到聽到你上樓的腳步聲，你回來，打開燈注視在房間正中央的我，我才會動起來，一個活起來的娃娃。

「妳是我的洋娃娃……」你輕喚著，坐在我身旁，親吻著我染過的深棕色的長髮，撫摸著，嗅著髮香，你的短髮在我半裸的肩膀上磨蹭，嘴唇碰到我的脖子，吻著，灼熱的鼻息在皮膚上游走，激起一陣讓我毛骨悚然的歡愉。

我伸手抱住你的後頸，吻著你的右臉，在你耳邊低語：『你知道嗎？在世紀末的英國，興起一股溫室風潮。富裕的貴族們蓋起富麗堂皇的溫室，資產階級在室內放置著有外箱保護的「觀葉植物」。我覺得自己像觀葉植物呢！在你的溫室中啊，觀用少女啊！』

開在朝夕之間，凋零在虛幻之中如花般的觀用少女，只為一個人而開。

緊握你的手，深恐自己被拋棄。

等你的時候，我總是觀察你房中除了我以外的生物們。光線漸層的陽臺上，一隻不會說話的牡丹鸚鵡在鳥籠裡，鮮亮的紅嘴啄時著綜合穀物，鮮紅色額頭，桃紅色面頰，綠色的身體，所有的色彩在頸部交雜著。只有一株水蘊草與小石子的錐形小魚缸在書桌上，一隻沒有名字的藍色鬥魚擺動著如薄紗的鰭，奮力攻擊牠的假想敵，撞出一堆堆的污濁的氣泡，在水面上。

在生物學的分類上，牡丹鸚鵡與鬥魚分別屬於鳥獸與魚類，市場上當然也有特別飼養來供給人類食用的鳥類與魚類，但是某些物種一但成為了寵物，就可以避免被食用的命運，他們會被飼養來呵護與觀賞，所以這些寵物在本質上比較類似觀用植物。

另外是一隻我認為最優秀的寵物，一隻雪白的兩歲短毛貓。我總是喜歡看著睡著的牠，看著牠粉紅色的肉墊與精巧的小爪子，愛撫牠有撫慰心靈作用的短毛，直到牠發出滿足的呼嚕聲；有時我躺在牠身旁，右臉朝下，側睡，讓肚皮接觸冰涼的地面，等待你回來，通常在我昏昏欲睡時，貓會比我更早聽到鑰匙鈕動的聲音，於是牠輕巧優雅的越過我，到門前迎接你。

貓是與妳平起平坐的。

牠比我優秀多了。

於是我，只好努力的作一個觀用少女。

我開始練習永遠帶著天使般燦爛的笑容，化解你內心的寂寞空虛，帶給你希望。不爭吵、不礙事，但在你最需要溫柔擁抱、最需要甜美笑容時，永遠都在。

少女很容易愛上幻想中的對象，使那只是自己的倒影，於是在那樣虛幻的童話之愛中留下的淚是珍貴的，因為少女會過渡成女人，女人的淚要面對太多的真實，於是就失去了價值。

童話總是甜美。

水晶吊燈、畫著珍奇異獸的絲幕、夜鷹在森林裡發出婉轉的歌喉，獨角獸、金絲雀、結實累累的蘋果樹與溪邊的牧神，體貼細心的精靈與仙女們，跳不完的華爾茲，騎士與十字軍，異國的神話，一切幻想的總和。

王子與公主總有最美的結局。

於是我閉起那又大又圓的瞳眸假寐了起來，絕不一瞥這現實世界。「被寵壞的公主，不知人間險惡的公主……。」你吻著我，「睡美人啊……」呢喃著，晃啊晃的浮游在甜美的夢鄉中……。

圖／張家瑋

周慶華老師：如詩似畫，又有音樂穿梭其中；另一邊用童話織夢，最好不要常醒。

賴素珍老師：渴望關愛的喃喃自語，流露出少女的情思，王子與公主夢幻般的幸福快樂結局，是公主心中永恆的期待。

城市迷路人

陳盈如

起床時，你已經去上班了。我把床上的被子拉直鋪平，動作比平常還要謹慎，還要隆重，此時手上觸到的餘溫比冬末初春的寶桑湯圓（亦或脆管湯）還要溫柔，讓人依戀。

電車慢慢滑出月臺。

我說我是城市迷路人，你在簡訊裡叮嚀我不要再迷路了。我想你是笑著打出這行字的吧？天濛濛的，我又開始啟程了迷途的不歸路，繼續踏踏實實的做一個回不了家的城市迷路人。

吶，最後一個擁抱也是如此的輕，我們壓抑著心中的羞澀與不捨道別，當我最後一次回頭說再見時，你沒看著我，只是低頭嘴裡也輕輕說著那兩字，再見。

電車慢慢滑入月臺，又飛離開了。

前一晚，還賴在床上聊天，我差點忘記啟程的事，我還是習慣逃避現實的。當你問起時，我心頭揪了起來，心裡有點虛的回答你：「行李都收好了。」其實我口中的收好的行李還散亂在整個房間。

離開，是長大的必須嗎？

輕輕的我走了，就如我下一秒好似又會出現在你眼前。

「沙灘上的浪花／讓我慢慢想起家」耳朵聽著阿信低沉的唱著千年之戀，眼前是一幕幕飛梭而過的東海岸景色，這天，海很藍。

我相信你也會很喜歡這種藍色的，有點憂鬱，看上去也是那樣的輕。

「離開」這字眼有點不真實，怎樣才能算「離開你」？是我不在你身邊，還是你不在我身邊？撥個電話、打開視訊，我就能見得到你了，你沒離開我是多麼簡單的事情。少了你煮的晚餐、沒有人幫我打點生活的細節，你不在我身邊是那麼不對勁。

圖／張家瑋

你總說「要學會自己生活」，我有些糊塗了，或許你說的是「要自己學會生活」。總之，「自己」到最後，那你呢？你去哪了？我總相信你還是在的，就像我不褪色的記憶中的你一樣。

或許我們誰都沒有離開誰。

親愛的，我去臺東讀大學。

十八歲出遠門，城市迷路人去尋找自己。

贈　馬咪

周慶華老師：迷路到了臺東，文字跳脫，有瞬間位移的感覺。

琵琶湖之歌

程珮瑄

琵琶湖森林公園，座落於臺東市外環道路，原為臺東防風林，樹種以木麻黃為主，約民國九〇年代開始整頓興建，開闢為臺東森林公園。

「穿過一個長長的隧道，就到了森林的故鄉。」

我一直認為，琵琶湖森林是一首動聽的歌，從十五歲那年夏天，我就能諦聽得到，從我懂得在森林中安靜自己、撫平自己的情緒，並且以自然醫治自己，重新找到內心的喜悅與清澈的平靜；從我年少學會探尋這片湖水與森林的那一天起，我就知道，琵琶湖森林是一首動聽的歌，綿綿不絕地吟唱傳誦給尋找她的人聽。

春天的琵琶湖森林，花朵欣然綻放，萬籟在冬寒的一片寂靜中漸漸轉為甦醒，在冷風漸漸退去而陽光乍暖之際，生機逐漸的蓬勃起來，如海潮般的初漲萌芽，逐漸的，大地開始復甦起來，陽光溫煦，小花一簇簇的擁著青草，冬天的寒潮褪色，春天隨著東風的降臨，溫暖了整座森林的氣息，好像擁抱。

春天，我在一片金黃色的陽光中擁戴而起，冬天的冷鋒減弱，天氣預報說，明天起全臺溫度逐漸回升。我感覺到生命中枯萎殘弱的地方逐漸褪去，陽光很暖和，好像春節的暖爐，帶給我光亮與喜洋洋的希望。過年了，雖然家庭與整個大家族之間，有些人逝去有些人加入，雖然經濟上面臨些許的困難，一些往年的繁榮舊景與歡

樂和諧不再，但是大家依然相聚團圓，帶著一些的憂愁與擔心，仍然準備了團圓飯菜，小孩子們的壓歲錢，祈求祖先保佑來年順利。大姑姑家一位姊夫在去年去世，表嫂一家四口頓失依靠，三姑姑罹病在床，混跡黑道的表兄與表嫂分居，在轉型中的臺灣社會，傳統的農工業沒落，傳統市場生意不再興隆，往年以肉粽、手工水餃維生的大姑姑家面臨經濟上的困難，不僅如此，父親的中年危機似乎來臨，家中的經濟在借貸以及收入償還之間拉距著。我的生活因為病情影響，常常傍晚時分才在一片燦金黃色的陽光中醒來。

春夏來臨之際，雨季的腳步來臨，微雨中的琵琶湖，迷濛而春意瀰漫，雨水下在湖面上，一圈圈的漣漪泛起，偶爾陽光在雲朵之間微微露臉，綠色的小湖舊泛起金黃色的波光，微風吹拂，揭開了夏天的序。

「說大自然是一本書，琵琶湖森林就是扉頁中的字字句句，每個時節的每個時刻，內容都因為朝陰夕輝的轉換而令人有所驚奇。」

梅雨季節，整個世界的色調好像是偏藍色的，常常是雨水輕輕的把我從夢中打醒，我往往在一片雨聲之中，思考或是想念著某些，那些記憶似乎被雨水的點點滴滴給敲響，好像琴鍵的起落，不知道從甚麼時候開始，我學會從大自然裡找到聲音：在一陣颯然的樹濤聲中、在一片微晴的涼爽天空下、在夜晚一片大雨刷洗過後泛著銀光的水面上、在淅瀝嘩然的雷陣雨過後，萬籟開始鳴叫的喧嘩裡……。這種造物主神奇的力量，我只在獨自一人的時候可以接觸到祂。我想起十五歲那年夏天，自己瀕臨崩潰的精神，被奇妙而偉大的大自然力量，撫平而獲得痊癒的經歷。我想起了琵琶湖森林，她就座落在我家的後方，一直安靜的守候著我的家園，並且等待著我去探尋。

最後一場雨來了之後，初夏便降臨了，最明顯的是森林中的蟬聲大作，與琵琶湖深邃的安靜，形成鮮明的對比。夏天是大自然臨幸的天下，陽光熱烈照耀、花朵怒放，萬籟在一片喧囂之中完全甦醒，夜晚的星光燦然，夏天的一切構成了美麗的世界。

生命總是在挫折與前進之間進進出出，好似浪潮的激起又退去，人生是有風浪的，一段潮落之後，潮水一定再度湧起。在我十五歲那年夏天，我的國中老師，常常騎車載我到琵琶湖森林裡，看著卑南大溪的奔流向海，看遠山守候之下沉默的大地。

「人生有很多風浪，而妳會經歷的。」我記得他望向遠方，語重心長的這樣對我說。

那時候，我還是個十幾歲的孩子，還不明白他話裡的意思，也許我是要承受起風浪的人，也許那時自己就在風浪裡了，而走到現在我才有些懂了，在現實人生中的起起落落裡，我並不能讓風雨或是浪潮打擊而退縮，而是要學習乘風破浪，像風浪宣戰，在人生的艱困中砥礪自己，生存其實是為了奮鬥。

那年夏天過後，我升上臺東女中，在那個為賦新詞強說愁的年紀，每當我在情緒的跌宕中無法回復自己，我都會到琵琶湖森林，有時候，往往是最憂愁失意的時刻，我最能在一片靜謐之中尋找到生命的真諦，生活最佳註解與詮釋。當我開始學會運用文字的時候，常常霧、花朵、海浪、湖水、星光、山嵐，驅使著、駕馭著

圖／張家瑋

我，而我終於發現筆下的一切，詩、散文、哲思甚至靈感，往往源源不絕的湧現，而這些都來自於啟示我、教誨我、安慰我、給予我平靜的琵琶湖森林，大地的總綱，我靈魂中最初的根。

琵琶湖森林有一首歌，湖水不止歇的晝夜吟唱她，而每每當我走到這裡，我就能聽見，宇宙中最奧妙的聲音，清晰的要我的靈魂甦醒；琵琶湖森林這首歌，水流與波影就是曲譜，而萬籟天地之聲就是旋律，置身在萬籟的喧囂之中，我可以得到內心的最深沉的安靜。我知道，自己所明白的一切，大自然的所有偉大，都在琵琶湖這首美麗的歌裡了。

這個夏天過後，我又要展開人生的另一段旅程了。

「再見。」離開琵琶湖森林的時候我溫柔的對她說，「我要離開妳了，這次離開妳，下次回來再見到妳，我希望能更清楚的聽見妳這首動聽的歌曲。」

我在這個盛夏，常常靜靜的坐看遠方巍然矗立的山巒，我知道祂會一路守護我的旅程。那個夏天，我非常用心的記住琵琶湖森林的一切，我要永遠的記憶故鄉的這片森林湖泊，這一首歌。

「妳是一首神奇燦爛的歌。」我說。

琵琶湖之歌，往往在我尋覓並且聆聽她時，神奇得令我的內心充滿喜悅與快樂，如果你信仰她並且向她祈禱，就會得到回應與醫治。琵琶湖之歌，每每在我心靈困頓桎梏之時，能讓我聽得見最透澈的解答；琵琶湖之歌，陪我走過無數個孤單的日子，記載我與一些城市無關的歲月；琵琶湖之歌，化作我筆下最動聽的詩篇與文字。

這首歌不歇的唱著，而我漫長的人生之路還會繼續走下去。

周慶華老師：用如許美麗文字妝飾一座湖，神靈也會動心！

賴素珍老師：熟練的駕馭文字，娓娓述說成長的心路，大自然的力量撫慰善感的心靈。

複

蔡宜芳

日子過得散漫拖拉。有時候甚是覺得一成不變。偶爾有幾天最多的移動距離是家中的廚房，再也不多得一步，離開被窩第一直覺便是按下電腦開關，接著刷牙洗臉，散步買早餐，再坐回位置上開始一天的工作，似乎變得很能適應這樣的生活。仿如一棵樹就要盤根錯節在會滑動的椅子上了。

生命實過又空過。

忙碌的日子裡，我與最親近的室友一天也許說不到三句話，也可能只是僅僅回應「嗯」「好」「知道了」這些簡潔的字眼，我安靜的時候思考，有時候讓我情緒高漲過這個季節的，不是濕溽，而是他們說我處在巨大的氛圍裡，他們是了解我的另類家人。

夏日潮湧著人的笑聲，好像世界只有我沉默著。

蓮花颱風來前的這幾天，剛好結束這學期的期末考，未完成的報告與工作讓我心知肚明還需要幾個徹夜未眠，颱風的拜訪正好可以掃除惱人的煩躁天氣，讓工作效率大大提昇，也正巧不用外出藉居在有冷氣的地方，這也是我來此東部也正待在東部，第一個遇到的颱風。

就在大家都沉沉睡去的時候，凌晨，窗外突然下起滂沱大雨。

我問風雨，夜裡只聽到猶掛葉脈的雨滴咚咚咚落。除此，一切已悄然。我們擔憂什麼呢？最終不都會過去的。走在路上，路上的人錯身，錯身。烈陽當空，我在喘息的當下尋覓著夏日的陰影，好讓我涼一涼過度發燒的思緒，空燒。它們不會像柏油路面上的積水，蒸發的不著痕跡，但我們的快樂會，就因為太過開心，無法留住，總用倒敘的回憶表現的神采飛揚。

淡了的疤，還是疤，即便不落淚，苦澀還是遲遲無法散去。那是深度的惆悵。

想起來此，在濱海第一次打電話給你的情景，想起你在墾丁南端看海的背景。大海潮浪的起伏聲是如此壯闊，你在遙遠的那端說著，而我坐在岸上的時候，覺得它們有時如心音彈奏內在的惡靈，有時卻又如搖籃曲般催來暝夜的眠意。月光海前，感覺自己的影子可以徒步度到海的中央和深處，任潮汐扭舞我的影，在月光下時而舒坦透亮時而隱含皺摺陰暗。星斗滿天是我的大帷幕，然北半球的星系星譜除了北極星我不識半個。忽忽有白光匯聚成長河，是無數無數的星子所匯成的銀河鋪展。星斗滿天已是庸俗之語，但當語言的虛成為實相現前時，俗爛就能化為真切的感受，至少我此刻是如此。

矛盾是人生實相，老掉牙的小說荒謬論述，真實人生果然是跑不掉。

我知道夜深了，應該躺到床上。閉上眼睛，不然又有夢囈使得我的一天又多睡了一個早晨。因為百葉窗的緣故，因為陽臺的緣故，房間裡最亮的時間約六到八點左右，夏季時可從五點到九點左右，但即使外面白天天亮，若是起的太晚，中午很快就來到。於是，過了九點仿如錯過了午餐前的白天。

所以，我真的該去睡了。

我將對你停止述說了，不然就會開始重複心的老調。

2009/06

別

蔡宜芳

用一杯水的時間，回顧生命中一些極其重要的事情，在已過往的現在，他們已是回憶，有些甚至愈趨零散，但不論多麼久遠，那些對我們而言所謂重要的曾經，儘管模糊卻依然巨大。

對著一個冰冷的螢幕，談及我們深處的情感總有些勉為其難，如果螢幕上浮現的是那些我們揮之不去的畫面，卻又不得不寫下。一個人的生命中總有幾位至愛，我自己就是父親第三個至愛的女人，如果往上推算，母親又是外公的第幾個至愛呢？而奶奶絕對是爺爺的至愛吧！不管是爺爺還是外公，口裡一論概括的「阿公」，我現在可是都再也見不著了，算算，一個在我七歲那年回了老家，一個則是在最近才依依不捨的離去。

「趕快來，爸爸好像沒有心跳了……。」那是十天前一句無助的聲音，早已為人母親百戰歷練的二阿姨，像個孩子紅著眼眶轉過頭來，對著房裡的人說著這句話，甚至是對外頭的人喊著，她的手緊緊的握著那曾經牽她成長的大手，而自己的母親跪坐在床鋪的另一端，至始至終不發一語的握著外公的右手，那一刻，我的肚臍像是倒退到二十多年前相連母親的臍帶一樣，深刻的感受到母親的心跳，快速卻又要深深吸吐的深沉。

自外公移出醫院安寧病房的那一晚，四合院便瀰漫著一股不尋常的氣氛，那些早已做好建設的心理與時間不停拉距，漫長而煎

熬。儀器上的數字起起伏伏，我一樣也看不清楚，比起早在醫院實習過的表妹們，就算可以捧著大學學歷又能如何，只能呆若的在房裡的一角，什麼忙也幫不上，若心頭曾是冰做的，那它正在融化，以一種被迫的方式破壞，房裡迴盪的阿密陀佛聲，他們說是要讓外公平靜的去，因為外公似乎還放不下什麼，卻已經沒辦法說清楚。凌晨一點多，時針與秒針走的聲聲徹響，大家催促著外婆該進去休息，但外婆總說怎麼睡得下，倒是我們這些孩子被催著該回工作崗位準備，於是，父親的車子先是在漆黑的院子裡發動了，那畫破沉默的引擎聲彷佛又再一次的告訴我，夜夜，寂寂是年老的聲音。

「人的生命是那麼的脆弱，意志力卻可以那麼堅強。」回程的途中父親喃喃自語的對著自己也對著我們說了這句話，我暗暗低頭的看著自己的雙手，想到剛剛阿姨哭訴的畫面，雖是暫時是沒事了，卻仍然令人心悸。閉起雙眼，輕輕的浮起在很小很小的時候，曾被寄放在鄉下的一個長假，有記憶以來，外公便是個沉默寡言的人，總是回以微笑然後又默默的做自己的事情或陪著我們，他很高大，每次回鄉下從炮竹花開綴滿門的庭院口大喊阿公，遠遠的就會看得他的身影從灰矮的廊道深處逐漸走近，不過我已經想不起來有沒有被他牽過或抱過了，或許有吧！開學前曾有一次去榮總醫院探望過，那時候高大的外公早已消瘦如材，頓時才恍然大悟生命到了這種程度，說什麼都是多餘，所以更多的時候，樹是無言，最後總得為自己的人生償還點什麼，而我們自己無法預料會以何種形式去歷經，為什麼有人在睡夢中悄悄的走了，外公卻要因胃癌而如此折磨呢？當五臟六腑被病菌侵蝕的燒熱感是多麼的痛苦，他為何可以忍受到宣告放棄治療的末期尾聲，這難道是一個傳統讀書又耕田的男人，該有的的勇敢嗎？我心生畏懼的牽起那皺巴巴乾枯的大手，卻意外的發現是如此柔軟的如剛出生般的嬰孩，生命到底是個循環，無法改變底定的形貌，然本質卻即將走出一個圓滿。

那晚回去後沒多久，外公便在我和弟弟耳熟酣睡之際離開了。恍恍之中，不知道是睡意太稠，抑或事情來的太突然無法做出反應，我已置身在初架好的靈堂前，問自己想些什麼？什麼也不想去想。暖陽中透著些許涼意，一早，上天便和大家開了一個玩笑，給出了一個預料中的答案，白天的時間裡，大家穿著黑色的素服，莊重而簡單，這和我七歲時候的記憶不一樣，那時還是繁複而傳統的披麻戴孝，但是那時候我只是穿著該穿的衣服卻什麼也不懂，還抱著餅乾在堂裡走來走去，如果是這年代的七歲孩子一定什麼都明白不過了吧！慶幸的是那一早爺爺抱我在懷裡說的話一句句都還清楚，他卻倉促的走於正午食餐食之間，想著想著，母親把我和弟弟帶到安放冰櫃的地方，隔著那小小的透明玻璃口，看到被打扮得像古代娃娃的外公，面帶安詳的卻再也不會回應我們了，我頓時想不起七歲那年，是誰抱著我扶著冰櫃看爺爺，而爺爺又是什麼表情？大人們嘴裡的敘述，我的聽說，都不如那刻清晰，如果每一個故事都有一張臉孔，那他們的臉孔下該是無法勝數的縱深，百百千千的臉孔，紛紛散散在八十長河中。

然後，我們依然得往前走，走出自己生命的長度與寬度，就像徒留氣體的空杯，這回盡了，下回仍會盈盈滿滿杯，持續的發揮它的功用與價值，而我們也要持續的再看不見的空間與時間上試圖圓滿。

蟹居者－生活細筆

蔡宜芳

時值五月的第二個禮拜，油桐花開也全謝了。

房間窗外的鳥鳴啾啾，鄰居說他們總愛在陽臺冷氣窗口築巢，每每想到這件事情便慶幸自己的房東將陽臺全用百葉窗給圍了起來，不僅讓陽臺延伸成了室內的一部份，還是個能晾著衣服的空間，在陽臺柔軟精的香味氛圍中，透過窗縫也能盡收外面的風景，夏天什麼時候會跨進門檻我並不知道，隨著每天醒來輕灑木板的光線一天比一天亮，如果落地窗的白色布簾依舊為我削弱光線的強度，卻未必能抵擋某天突然像鳴金擊鼓般響起的蟬聲。

就像一首樂曲此起彼落的，動物的生命力往往超乎人類想像的旺盛，坐在房裡的書桌前，看著剛打開不久的電腦螢幕，回來還不到半小時卻好像和自己對話了千字百語，腦子還在消化上一堂課所閱讀到的內容，噗噗熊、狐狸的電話亭、蘋果樹，這會我才發現為何連閱讀都如此與自然息息相關，於是我心想，那就去做件和寫書法一樣能心平氣和的事情吧！

撿落葉。

在庭院裡撿拾落葉，我很享受這件事情。為什麼呢？對著正戴上白手套的自己，心裡不斷的說著「都忙到沒時間了，怎麼還有心情撿落葉？」人有時候很奇怪，非得要忙裡偷閒才感受的到滿足，才心甘情願，我告訴自己「不差這兩個小時的。」的確，看到院子的時候，竟有種對情人虧欠的感覺，它的草皮覆蓋著厚厚一層的落葉，而對面人家，校長的院子可是美麗的紅綠分明，魚戲池中悠然自得的很。

於是我二話不說的蹲了下來，左手拎了袋子，右手開始熟練的將落葉放進袋子裡。這一蹲下來，才發現草地不僅綠意盎然，連之間的細縫的也已見不著了，那細縫可是當時鋪草皮不免留下來的痕跡，還記得那時站在一格一格的草皮之上，自己彷如巨人般的踩踏著方格的田作，至於為什麼大肆的將院子一鼓作氣的翻修了呢？現在想來也好笑，這只是我暫時寄居在外的地方阿！大概是來的時候，院子過於淩亂不堪，硬生生與校長的院子形成對比，加上從小看慣了院子，總不能一直跑到對面人家去踩踏吧！雖然他一點籬笆圍牆也沒有，開放的像是公共空間一樣。但我卻從沒想過能在兩個禮拜內完成院子換新貌的事情，而我的確完成了，這倒也要歸功我終究是個學生，順便將它當成跨領域創作的「行為藝術」作業繳交了，一石二鳥還獲得好評，直至現在我還不斷的猜想，大概是很少文學院的學生會像觀光產業的學生在那裡練習園藝吧！而事實上，我小小竊笑整理院子好像小時候辦家家酒的心情一樣，而我把它當作一個手作的作品來創造而已。

正當得意之餘，竟瞧見蒼翠的韓國草間有碎裂的鳥大便，眉頭一皺，不到三秒卻也覺得無所謂，何必跟那早已風乾的鳥糞計較呢！？看我現在稱呼它名多麼文雅，可又不到三秒，竟反悔的嘀咕起這鳥大便的不是，自從校區遷移到了知本，停車場的機車總會遭到池魚之殃，真不知是那裡的鳥兒興樂得忘卻了禮節，還是太愛在人類的機車上作亂。於是，悠悠哉哉，腦子裡還是思緒滿天飛。

然後秒針走了七十幾圈了，一個多小時裡，不下千次的重複動作，就像是個被主人上了發條的機器人，在午後寂靜的院子裡為她整理家居環境，固定時間前來分送信件的警衛，不知是以為我沒看到他，還是太過專注以致他不想打擾我，竟一句話也無攀談的悄悄來悄悄離去，也許除了機器人，此時更像一位準備跟隨大廚學習燒菜的廚房菜鳥，只能默默端洗盤子洗上一段時間，一切只為那基本功夫，所以我撿拾落葉，為這院子除去枯黃。

「妳在撿落葉阿？」「對，因為它積了有點多，今天稍微有點空閒，就整理一下。」校長夫人從背後打破了沉默，一邊順手整理起他們家的院子，「這麼厚了，應該要用竹掃把比較快阿，最近就比較沒時間，要不然連你們家的都一起掃起來。」「謝謝，沒關係，我快撿完了。」望著自己一開時拿來的袋子，內容量已扎實的很，而那竹掃把雖然嘴裡說著沒關係，心裡頭卻似被澆了盆冷水，只能怪自己太少關注自己的院子，經驗不足至沒想到，上次用竹掃把是哪時候了？國小，那確實太久遠了，以至於壓根兒就忘了。「這是什麼樹阿，松嗎？好會掉葉子也好會長。」「羅漢松之類的，就松樹的一種，老樹了，這麼大一棵，我那裡還三四棵呢！都在風口處，一天沒整理，隔天就有得忙。」我點頭，心想確實是老樹了，雖沒高聳入雲也筆直的有三層樓高了，難怪假日總是被鳥兒喚醒，不是自然醒。而被我們稱之的松樹，來此已九個多月卻從不見松果，不禁讓我懷想起來上個週末在清大的漫遊。

上週本該是在臺師大華語實習觀摩的，哪知一實習完便是一連串即興的行程，先是與臺師大的友人在晚上喝茶閒聊，一聚便過了捷運行駛的時間，好在臺北生活久了的人，都各自有交通工具，我才安然返回住處。這玩興一開，隔天一早就搭的南下的區間車先是到了三義銅鑼鄉賞油桐花，後又北上去了新竹，讓那些已上了研究所等著畢業的閑遊之士招待。清交兩所學校相連，逛起來是方便也頗為折騰，印象中，清大人文氣息比交大濃厚許多，樹蔭也來的密，更別說那兩三處的湖泊。

我遊走在清大校園裡，看到除了拿到卓越經費正馬不停蹄興建的大樓，假日的校園裡處處、人人皆是愜意，我告訴自己其實是在一座大公園裡頭散步。漫不經心的走到理工學院實驗大樓附近，那裡的地上遍落松果，松樹一棵棵隨人行道延展成了兩頭，我走進一處松樹的集中營，那兒沒有水泥地，只有一片蔥綠草長，掉落的松果個個超過掌心之大，也因為有柔軟的草地作為緩衝少有缺傷，所以，便歡歡喜喜的挑了一顆同手張開大小的松果作為紀念品。而那紀念品現在被放置在書架上，顏色與房間真是契合。

只可惜，山莊裡的松樹不結果，要不，社區裡的小孩子一定會開心的拿來把玩。然後，我望見被一根鐵絲固定在樹幹上的蘭花，這是左邊的醫生鄰居給的，他們家裡的蘭花已結出了花苞，而這相贈的禮物，生長的特別慢，心想它大概是要給我驚喜。蘭花啊蘭花！妳這株高度演化的植物，註定是要依附在松樹的軀幹之上了，他高大的身姿必能為妳遮蔭擋雨，只盼妳根鬚能早早與他糾結一起，詩云：「健碧繽繽葉，斑紅淺淺芳。」，妳那清靈清雅的氣韻，何時才得以見得？

樹下陽光零散，樹後的圍牆上，有一種細莖的蔓藤，以三跪九叩的的步子向外頭爬去，它們一身掛著銅幣似的葉子像前匍匐，窸窸窣窣，全是心聲。風，都說些什麼呢？那已被摧殘一葉的風車，五片風葉仍不停轉動。

傷口

戴筱婷

之前有次跌倒之後，在右手腕上留下了一道傷口。縱使那上頭還有些沒擦乾淨的血痕，但它似乎並不叫痛，以至於我根本沒察覺到它的存在。還是被人看見了驚問我的手怎麼了？我才發現到它的存在的，想想我這人的神經也實在太大條了點。但反正是個不痛不癢的傷口，我原本還這樣想。直到洗澡時，溫熱的水自蓮蓬頭下汩汩而出，從脖子、兩肩、手臂，忽然我的右手猛地一縮，怎麼這樣刺痛？原來是那個我一直忽略它，自以為它「不痛不癢」的傷口。

一個「傷口」可以『痛』三次。第一次，是造成那個「傷口」的那一剎那；第二次，會在你清洗傷口時發生；第三次，則是你用碘酒消毒時。有形的傷口如此，無形的傷口呢？我自忖道：自己心裡還有多少個未被我察覺的傷口？那些傷口在不知不覺間已經被傷的有多深了？通常，根據我自己的經驗：一個傷口，在第一次用水清洗時會有一陣劇痛，然後你就不用在理它了，它會自己慢慢結疤，而且，也可以少痛一次。時間，會治癒一切。只是我在想：心靈上無形的傷口，也會是這樣的嗎？不單是在感情方面，在人生的這條道路上，只要你選擇繼續前進，那就一定會在路上繼續受傷。

我在想：從前的那些傷口，痊癒了嗎？還是它們只是被我「埋」起來，不予理會了？有時候，那些已被我遺忘了的傷口，每當碰上回憶、或者跟回憶稍稍有關的畫面時，就會再心痛一次。提

醒我它們還在，提醒我它們還在流血，提醒我它們還未結疤。真奇怪，這些無形的傷口，所需要用來結疤的時間，似乎更長，有些好像根本是無止盡的。到底什麼時候才會痊癒呢？這問題真煩人。都過這麼久了，為什麼還是會難過！？有時候真氣自己的沒用。但時間仍然還是治療傷口的最佳方法。不管是什麼樣的傷口，時間或多或少都會沖淡一些，雖然還是會痛，但已經沒有那麼痛了。就像我右手腕上的傷口，第一次沖水時很痛，第二次沖時就比較不痛了，然後，就會越來越沒感覺，當我整個澡洗完時，它已經完全沒感覺了。是麻痺了嗎？我自問。但是沒有解答，它不會回答我任何話。只是時間像水，會沖淡一切。要放任它自己結疤，不過是時間長短的問題罷了。我並不會特別在乎。只是偶爾痛一下兩下的，大概我自己也習慣了。「無所謂吧！」我總是這樣覺得。

想著想著，不知不覺間，天又亮了。我拿起桌上的馬克杯，咦？咖啡什麼時候喝完的？算了，乾脆去休息了吧。

我在臺東

羅翎凰

有時候會自己問自己：我到底為什麼到臺東來？離開了我所熟悉的城市和朋友，來到一個我完全陌生的地方。家人朋友也對此感到疑惑，在臺中的學校待的好好的，怎麼說轉學就轉學，到的還是那麼遙遠的臺東！而我對外的一致答案是：臺東大學是國立大學啊，我想去讀讀看。在決定轉學前，我對臺中的生活感到厭煩，那麼的炙熱煙塵、高樓林立、車水馬龍，那麼的繁榮，又那麼的空虛。學校裡的讀書風氣並不盛，人人忙著打工和玩樂，我看不到我的未來，彷彿我沒有未來。於是我開始準備轉學考，我想要離開，看看臺灣的其它城市。就這樣，我來到了臺東。

剛到臺東時，生活機能並不像我想像的不便，便利商店滿街是、美味小吃不輸人、蔬果便宜而多樣、也有星巴克和誠品。唯一的差別或許是：離山和海那麼的近！在西部長大的我，從沒有那麼靠近過海邊。走路十分鐘，騎車兩分鐘就到，不同於西部臺灣海峽的陰沉無力，東部的太平洋感覺更激情有力、深遂而遼闊，望著這樣的海洋，彷彿所有的煩惱和問題都不值一提，因為和海洋比起來，人類是無比的渺小而脆弱。望著這樣的海洋，總能讓我感到平靜和滿足，好像吸飽了能量，可以再出發。

離大自然很近的臺東，卻是離家那麼的遠。每次回家，在火車和客運上喀啦喀啦的花掉八小時，睡了一覺後，再喀啦喀啦花八

小時回到臺東。當思念氾濫時，那種空虛卻又喧囂的感覺，海洋再深、山林再廣都填不滿。我在臺東是那麼的自由，來來去去不受束縛；卻又是那麼的不自由，因為心不在這。這才發現我一直不願意承認的事實：我根本沒做好離開的準備！或許我將再次啟程，去找回那個完整的我。

圖／張家瑋

周慶華老師：坦白過客心情；等到「臺東不留人自留」那一天，可以收回，因為這裏的閑夢會黏人。

賴素珍老師：轉換空間，轉換心情，尋尋覓覓。

完整

蘇筠茹

我想，很多人是被「一套」制約了，我也是其中之一。從小，我很喜歡逛文具店發現新奇的東西。根本用不到那麼多漂亮色筆的我，總是莫名其妙買了一整套的筆。同學每次都驚奇地直呼，我本身就是開文具店。

後來，在生活某些習慣上也是跟「一套」離不開關係。像是吃東西時，如果菜單上有套餐的選項，我的眼睛也一定只注意套餐部份。感覺上該有的都有，小菜、白飯、湯品、飲料、甜點，原本空蕩蕩的桌子就這麼被填滿了。在視覺上的感官，也就這麼豐富了起來。若是單點一樣，就顯得空虛多了。所以一點點、一點點拼湊出來，無論任誰看了都覺得豐富、不單調。

那種不可或缺的完整感就是如此重要，最誇張就是非一套內衣褲就不穿，因為感覺就是少了整體感。就像女明星常常因為要配合衣物，而失心瘋添購很多飾品來做搭配，這樣的道理跟我如出一轍，應該不難了解吧？還有像有些女生洗髮完後就要護髮，但是如果沒有認真吹整的話，似乎就覺得少了什麼，就是沒有「一套」了，感覺護髮也就這麼地沒了原本的效果。不是愛誇大其詞，但事實就是如此玄妙。

而寢具的完整有時也是這麼地流露出自己徹底被「一套」制約，連同床包、枕頭套、被單、抱枕都是同一花色的設計與款式，

讓我不容易失眠。從來不明白原來心理影響生理是如此嚴重。如果迷上某種特定品牌或是人物，我想這個症狀非嚴重不可了，因為潛意識就會只專注跟這牌子或是人物相關的物品，那麼由此得知白花花的銀子就這麼倏地離你而去。所以說，只能好好克制自己別太衝動，但眼睛卻還是盯著它瞧。

圖／張家瑋

心中的那份悵然若失或許不會因為得到物質享受而減少，卻可以在小地方滿足缺少完整感的自我；堆砌起來的完整或許不算真正的圓滿完整，但在缺少完整中靠自身力量達成認知中的完整，即是彌補缺憾的積極做法，至少可以問心無愧地面對人生。

周慶華老師：完整，是一種豐富的亂。所述可以印證《亂好》一書所說的話，迷上了未必不是件好事，無妨重新感受一番。

賴素珍老師：不自覺的墜入某種莫名的制約，是盲從？是商業手法的成功？抑或是一種莫名的衝動？完整不代表圓滿，不完整不意謂缺憾，何嘗不是代表有進步的空間，換個角度思考，會有不一樣的領受。

小說

評審老師介紹：

姓名　黃敬家　助理教授

現職　國立臺東大學華語文學系專任教師

學歷　臺灣師範大學國文所博士

專長　佛教文學、僧傳、禪詩、敘事學、中國史論

飛機雲

江枚芸

天空總送我們不一樣的圖像，雲朵總是千變萬化，我最喜歡的圖像是飛機雲。偶爾出現一條長長的線，盡它全力一直延伸，到它筋疲力竭在遠端消失的時候，我明白了！你收到了。

你是個耐不住性子的小孩，「哇哇哇……」你急著送給這世界第一份耶誕禮物，你的降臨也是我們家最棒的禮物，大雪紛飛的夜晚，再過兩天就是聖誕節了，因為弟弟的誕生帶給我們這個家一份溫暖。「為了慶祝小杰的到來，我們來吃大餐？」媽媽提議，我毫不猶豫大聲說：「好！」，自從爸爸離開後，我們就從來沒有跟媽媽好好的吃過一頓飯，因為我住校幾乎是不回家，再加上要考學測根本沒時間回來，（所以在媽媽懷孕這段期間，我都沒回家過），難得有這個機會，而且家裡又多新成員，當然要大家聚一聚，一家三口人浩浩蕩蕩的去一家餐館大快朵頤。

剛開始，媽媽不斷說著懷弟弟的心路歷程，在這段時間她很喜歡喝珍珠奶茶，幾乎都把它當成正餐，還說到懷我的時候是喜歡吃饅頭，「難怪我的頭那麼像饅頭。」我心想，當然媽媽還是繼續說她的豐功偉業，我繼續吃著我的菜……。

那歡樂的氣氛持續不久，我這張不聽話的嘴巴，不小心說到「爸爸」，這下慘了，「爸爸」這個名詞在這個家是個禁忌，從我一出生就沒看過他，當然我曾經問過媽媽，她很生氣的跟我說：

「這個家沒有爸爸這種東西！」從那個時候我就不敢提到他。然而，這次她沒有很生氣，反而是露出溫柔的笑容，沒說些什麼，我們繼續我們未完的話題……。

今晚的一切都很棒，除了我說到這個禁忌的詞之外，一切都很好，現在的我覺得很幸福，希望這份幸福可以一直延續下去。

可惜，幸福就像飛機雲一樣會有斷線的時候。

隔天早上，外面突然很吵鬧，睡眼惺忪的我到外面看，白色擔架抬走的小小身軀，「那是弟弟！」一棒把我睡神打走，線條在心跳圖上，不安分的上下竄動，線條如此的活躍，但身為主人的你卻一動也不動的躺在病床上，你在等待什麼？為什麼再也不願睜開眼睛看看這美麗的世界了？

黃敬家老師：作者用平淡的口吻回憶弟弟出生時一家三口慶祝的欣喜，而這欣喜中卻隱含彼此心知而難言的隱痛，沒有父親角色的家。文章篇幅可再增加，並更詳細鋪排，可讓主題、情緒更明確為人讀出。

黯冬

林聖倫

如果記憶中只剩下冬景，無論睜眼闔眼，盡是一片皚然，而方向在此地也失去了意義，無論是冰結的小川，亦或高聳的大山，都覆上了一層化也化不開的雪白，而此地的居民也像是被這片魔性之白給感染了，蒼白的病態，唯一說的上不同的顏色的，是那厚實的雲層，白裡透著灰，被冠上異端的天空，卻是我花了最多時間仰望的所在。因為流浪過此地的醉漢說過，天空是藍色的，不是像這種破爛的抹布會有的色澤。雖然居民都當他是瘋言瘋語，但我想知道這片讓人抑鬱的天空，究竟有甚麼魅力可以讓那個醉生夢死的老人露出那副充滿……希望的表情？恕我遲疑了一下。希望，並不盛行於此地，對我們來說，那更近似於神話的存在。

「我知道，我也能理解，也知道你想說甚麼，而我，留下。」在我還想說出些什麼說服他時，我才發現我無語了，不是想不出理由，而是剩下的那些，該是他的，我無權過問。我背起行囊，跨出家門，沒有回頭的邁開步伐，準備去求見這一片冬之廢墟的國王。醉漢曾經說過，是國王讓他進來的，那麼理所當然的也能將我放出去，我不只一次對醉漢的愚行感到不解，但醉漢也只是笑著說，或許就跟我想要掙脫這一座死寂的牢籠一樣，他也只是想掙脫吧，從回憶。為此，需要無盡的冬日。

「吾沒有領土，也沒有將士，這樣一個虛座，竟然也有子民？」當我穿越層層迷霧來到王座面前，如果我沒看錯，國王臉上竟有著受寵若驚的表情，難不成真的像他說的一樣？那還真是國如其王，一般孤寂，不過他倒是沒有半點尷尬，對自己的國度志得意滿，那我又何須在意？反正我不過只是到此求一個離開的方法，而他也沒有半點挽留，倒顯得從容灑脫，他說這裡從來就不曾封閉，只是沒有人想過離開，而離開的方法更是十分簡單，只要喝下一碗熱湯便行了。而聽到這裡我便徹底的傻了，也或許是孤獨國王的妄想症，熱湯我們每天都在喝怎麼不見有人離去？他則是露出一臉高深莫測的笑容說：「是你面前那一碗。」看這眼前這碗不知甚麼時候出現，色如濃墨還滾燙冒泡的「湯」，我不禁遲疑，喝亦或不喝，便已不是最重要的問題了。

圖／洪莉婷

是活的妥協，還是死的痛快？地上的黑漬本應該說明了一切，又或者還有別條路可以選擇？如同行屍走肉般蒼白，懦弱的一攤黑血都不會是我的選擇，舉手打翻那碗毒湯，君無戲言，我拒絕了國王口中的離去，但卻知道了這個的國度的秘密，在這裡的每個人都在這座冬之迷宮裡迷失了，被自己建造的圍牆給封閉，而我所需要的，只是一點「希望」，能選擇藍天的小小希望。

黃敬家老師：有點寓言，有點抒情，也有點抓不到故事要表達什麼。可以就此架構再整個改寫一次會更好。

血色的微笑

張懿文

天尚未破曉前，在寂靜無聲的教室內，象徵死亡般的黯紅水珠，落在地上發出滴答滴答地聲響，打破了這寂靜的空間，我望著這道在左手手腕上的黯紅，想起了你。

那是在一起事故附近，四周充滿了閃爍的警示燈，被封鎖線隔離的好奇人群裡，我，就混雜在其中，並不是由於好奇心使然，而是因為我必須要經過這條路。在人群中努力向前邁進的我，突然發現在視角中出現了一抹不合宜地微笑。「是誰在這種場合還笑的出來？」我邊想邊仔細的尋找它的主人，但礙於人實在是太多，我始終無法往回看，所以我只好放棄。在路上，我腦中想的都是那一抹微笑，那是一個會令人陶醉並且不由自主深陷在其中的致命微笑，而我的心也在那晚淪陷在那抹微笑中。

我聽著耳邊傳來教室裡掛著提醒老師下課時間的鐘在陣陣的響著。

咚－咚－咚，那事故發生沒多久，某天夜裡，睡不著覺的我，聽著牆上的鐘慢慢的向我報時，在嘗試過許多破除失眠的方法都沒效果後，我決定爬下床，拿了電視遙控器亂轉。我在新聞臺停了下來，因為這時來了一則臨時新聞，是在橋上發生的連環車禍。在記者忙著連線報導實況，攝影機偶然拍到在一旁觀看的群眾。在這群人中，我又看到了那一抹似曾相識的笑容，雖然它一樣很快就消失了，但是，這一次我看見了它的主人，雖然只是一瞬間。

我望了望這間教室。直到有一天，同樣在這間教室，我們相遇了。

那是個悶熱的夏天，導師卻為我們帶來一個陰冷的冬天，一個非常平凡的轉學生；他與漫畫書或小說上的情節不一樣，他不是王子也沒有顯赫的家世，長相更是平凡，沒有英挺的外表也不是熱情奔放的運動型男，他有的只是那毫無任何表情的臉孔。我深深受他吸引，因為他渾身上下似乎都在散發出一種令人窒息的氛圍，我覺得他非常的特別，於是我看了看四周的同學，看是否有人像我一般發現了他的特別，但，似乎只有我知道。我不曉得自己是該開心還是懊惱，開心只有我注意到他的不凡，還是懊惱自己的思想詭異。

下課後，我習慣到窗邊看看遠方風景，遠離吵雜的人群。雖然今天我一樣站在窗邊，但我的心思全放在那群圍繞在轉學生四周，不斷地發問所傳出來的吵鬧聲，我很仔細的聽大家的發問和他的回答。就在快要上課之前，我發覺大家的問題都沒有問到我最想知道的答案，於是，我終於忍不住地回頭大聲的問他說：「為什麼你都不笑？」他有點訝異的抬頭回答我說：「我只為我感興趣的東西而笑。」我腦中頓時冒出一堆問號，雖然我很想繼續問對他而言所謂感興趣的意思是什麼，但上課鐘聲卻在這時響起，我只好吞下這個疑問。當然，這之後我也都再也沒機會問他了，不只是因為沒機會，也因為我已失去了那一瞬間的勇氣了。

以前，我總覺得上學是一種麻煩，但現在，我開始期待每一天的清晨、厭惡每一天的夜晚，因為我想見到他，想要看到他的慾望不停的往上攀升，而只有在學校，我才能如願。我想見他的那種渴

望就像染上毒癮的毒蟲，渴望毒品的心情一樣，我對他也上了癮，他就像潘朵拉的盒子，我每天都須克制自己不要打開它。

而這一切都是因為我看見他臉上終於有了表情的那一刻起。

那是在學校的餐廳裡，我坐在他斜後方，邊看著電視邊吃我那難吃又噁心的炒麵，這是我第一次點炒麵吃，我相信這也是最後一次。電視正播放著現場的棒球比賽，原本平靜的場面因為投手的突然失誤而發生了一場意外。投手投出一個不受控制的曲球，結果那幅度太大的曲球沒往捕手的手套裡鑽，反而先打到左打者的球帽，再往其右臉旋轉。這一秒來的太快，下一秒只見打者已因劇烈疼痛而倒在地上左右翻滾。這時鏡頭鎖定在打者的臉上，原來是因為在被那大手遮住右臉上，鮮血不受控制的大量流出，頓時血佈滿了整張臉，這怵目驚心的一幕讓我的身體不由自主的往後縮，不知所以然地，我朝他的方向看了看，也許是想看看他的反應吧。剎那間我傻了眼，腦中盡是空白，直到旁邊同學不小心碰到我才回了神，「他笑了！」我口中喃喃的念著，雖然只是一瞬間，但那似曾相識的笑容，正是我魂牽夢縈日日夜夜想再看一次的笑容。那神秘又像會吸人魂的微笑，我找到他的主人了。突然他曾經說過的話非常應景地立刻灌進我腦中，他說他只為他感興趣的事情而笑。他感興趣的事情啊！原來如此，「哈－哈－哈」因為突然的頓悟，讓我忍不住嘴上的笑意，笑出了聲。

一天，教官在早朝上嚴肅的說道：「各位同學，最近學校非常不平靜，請各位同學要更加小心自身安全。」這一番話立刻引起了騷動，許多人開始向一旁的同學發表自己知道的小道消息。

「聽說學校的野狗最近都死了，死得很慘，腸子都被挖出來了耶！」

「你那算什麼，我還知道隔壁班的班長，在下樓梯的時候被人推下樓耶！你沒看他最近都拄拐杖，身上還一堆擦傷。」

「還有阿，不知道是用美工刀將安妮的身體割得亂七八糟，更可怕的事情是，那人還將雞血灑在她身上，雞的屍體還躺在她旁邊耶！」

「天哪！好可怕唷！」

「偷偷跟你講別說出去呀，聽說那個三班的轉學生，從Ｇ大一樓經過時，被人從樓上潑了一身紅油漆耶！」

對於這些八卦，我只是笑了笑。

突然來了一陣冷風，使我回了神，我看了看眼前這位雙眼直愣愣地盯著我手腕上這尚未乾涸的血液，嘴角卻始終保持微笑的轉學生，我有了想法。

太陽慢慢地升起，新的一天又將開始。

強尼是今天第一位來學校上課的學生，他打開了教室門，準備迎接這忙碌的一天。進到教室，耀眼的晨光灑滿了整間教室，在眼睛終於能看清眼前的事物時，他愣住了！教室內，因陽光的照射而閃閃發光的鮮血，以前方的一對人影為主地向外擴散，那人影中，站著的兩手放在自己的臉上，而坐在地板上的則臉部朝下似乎很沮喪。漸漸的他聽清楚教室中模糊的聲響了，一開始他以為那是他的錯覺，但那聲音愈來越清晰，使他無法忽略。他聽見了「它是我的了！它是我的了！」的聲音一直在教室迴盪。

他望了望人影中站著的那個人，他想會是那個人發出來的聲音嗎？但，那個人的嘴巴沒有在動阿，可是卻似乎在微笑著。微笑！這字眼鑽進他腦袋時，他嚇得失去重心撞到前方的桌腳，因而發出聲音。「糟了！」他懊悔又害怕地抬起頭希望前方的人沒注意到他，一抬頭就看見站著的人影慢慢地往他的方向看，因為光線的問題，現在他終於能看清那人了。當眼睛移往對方的臉上時，他傻住了，因為他發現那人的臉都是血，而且擁有一種令人說不出來的恐怖感。站著的人影往前移時，動到了坐著的人，坐著的人一個不穩就往他的方向倒去；那一秒，他看見了坐著那個人的臉了，不，應該說坐著的那個人——他沒有臉！在回頭看了站著的人，才發現原來剛會覺得對方臉奇怪，是因為他臉上的臉不是他的。

他嚇到了，想逃，但他的腳就像被黏住了一般，完全無法動彈，看了看自己那沒用的雙腳，他將眼睛閉起來，在心中拼命地求神保佑。當他終於睜開眼睛時，進入眼簾的，卻是在那張毫無血色與表情臉上，一抹迷幻卻又勾人心魂的微笑。

黃敬家老師：作者描述事物頗為詳盡，然故事主題不甚明確，文中前半部和最後一段的「他」似乎並非同一人，而一開始出現的「我」在文末卻不見了。

老兵回憶錄

郭宗翰

「魏爺爺你在家嗎？我是小玲，我來幫你打掃屋子了。」

小玲是國中二年級的學生，每年暑假都會參加義工，幫忙照顧一些退休老榮民的生活起居。

「小玲妳來了啊！來魏爺爺這裡，魏爺爺今天要講一個故事給妳聽。」聽到魏爺爺要講故事，小玲興奮地湊到魏爺爺的旁邊坐下，全神貫注聽魏爺爺的故事。

「那是很久很久以前的故事……」

民國三十五年底中國正值多事之秋，才剛結束對日的八年抗戰，大規模的內戰隨之接踵而來。國民政府為了因應兵源不足的問題，幾乎把旗下所有地區的青壯年人口都強制徵召入軍，連偏遠地區的鄉村也無法倖免……。

「小紅，過了今天以後，我可能又好一段時間不能和你見面了。入伍的兵單已經下來，明天我又得去報到了。」魏遠難過地說著。

「為什麼？不是才剛打完仗嗎？怎麼這麼快又要入伍了？」小紅滿臉疑惑的問。

「總統和毛澤東的會談破裂，共產黨即刻揮軍南下。很快地，戰火就會蔓延過來了。」魏遠無奈的說。

「不，阿遠，你不能走。你這一走哪還會有歸來的時候？不如我們一起逃走吧！逃到很遠的地方去，我們便可以永遠生活在一起了。」

「妳明知道這是不可能的，小紅。要是我一走，會連累到我父母的。」

「那你的意思是你要放棄我嗎，阿遠？」

「不會的，小紅。等戰爭一結束，我一定會回來娶妳的。」

魏遠激動地握住小紅的手，小紅卻極力地想掙開魏遠的手，生氣地說：「戰爭結束要等多久？三年、五年、還是十年？再說，戰爭十分兇險，誰也無法預料會發生什麼事。明天你一走，也不知道能不能平安歸來，讓我這樣每天為你提心吊膽，你到底有沒有想過我的感受？」一說到這裡，小紅激動地流下淚來。

「我答應妳，小紅，我一定會回來，相信我，好嗎？」

「你不要再說了，我不想聽。」小紅轉身掩面跑開。

「小紅，小紅……」魏遠竭力地嘶吼著。

隔天，魏遠拜別了父母後，偕同村裡其他年輕人跟著部隊走了。一路上，小紅哭著離去的背影一直在魏遠的腦海裡揮之不去。想著想著。嘴裡跟著發出一聲聲的長嘆。兩年後，因為遼西會戰、徐蚌會戰與平津會戰的接連失利，國民政府節節敗退，最後退守臺灣，魏遠也被迫和其他士兵一起定居臺灣。此後，魏遠每天無時無刻都想著小紅，期盼能早日回歸祖國和小紅團聚。殊不知這一等就是四十年，直到兩岸開放交流後，魏遠才終於有機會能回去故鄉。腳才剛踏上家鄉的土地，魏遠心中第一個想到的就是小紅。他向家鄉的街坊鄰居們打聽了一下，得知小紅早已嫁給了隔壁村一戶有錢人家做老婆了。當下，魏遠再也壓抑不住心中的思念，急忙地趕到隔壁村去探望小紅。到了小紅家門口，魏遠輕輕的敲了敲門，問：「請問梁紅在家嗎？」

一位年紀約莫八、九歲的小女孩出來應門。

「請問你是誰？找我奶奶有什麼事？」小女孩問。

「我是她一個很久以前的老朋友，這次回來想來看看她，找她敘敘舊。」魏遠回答。

「老爺爺，很可惜你晚來了一步，奶奶在去年已經過世了。」

聽到這句晴天霹靂的話，魏遠再也壓抑不住情感放聲大哭。「小紅，小紅，我是阿遠。我已經信守承諾回來了，妳為什麼不等我就一個人自己先走了？小紅。」

過了約一炷香時間，魏遠才慢慢從悲傷中回復過來，平靜地問：「小妹妹，妳叫什麼名字？」

「我叫做小雲。」

「小雲，能告訴我妳奶奶的墓在哪裡嗎？我想親自給她上香。」

小雲手指著遠方的一座山，說：「奶奶的墓就在那裡，奶奶生前說她希望她死後我們能幫她葬在哪個地方。」

魏遠目光移到了小雲手指著的那座山，心中更多了一分惆悵，那座山正是他和小紅當初定情的地方，原來小紅到死前心中還一直惦記著他。想到這裡，魏遠的眼眶又再度泛紅了。魏遠獨自來到了小紅的墓前，手裡拿著小紅生前的照片，跪下放聲痛哭：「小紅，小紅，我回來了！妳聽見我的聲音了嗎？小紅。」

魏爺爺說完故事後，靜靜地坐在搖椅上，雙眼垂閉彷彿是說累了在休息一般。此時小玲不願意去打擾他，因為她知道這時魏爺爺正在回想過去的一切。小玲默默的打掃完屋內後，就安靜地獨自離去了。

黃敬家老師：這是一個耳熟能詳的典型老兵的故事，情節並不出人意表，整體上比較像訪談實錄報導，而不像是文學手法鋪寫的作品。

退房

陳盈如

她什麼時候搬進來的？

我躲在門後，偷窺她把所有東西一一搬進房間。

我記得房東說過，這裡一次只讓一個人住的。

不悅，我甚至是有點怒。自從她搬來後，我的房間就漸漸縮小了！

為什麼？當初他給我的空間是全部啊！怎麼可以分給別人，甚至連一句解釋、一個謊言都不肯對我說？

那女人……是透過什麼關係找到這裡的？是用什麼手段讓他同意她入住？可惡，反正她絕非善類。

她一定知道這裡已經有我在了，卻還是大剌剌的搬了進來，然後慢慢侵佔我的位子，慢慢侵佔，慢慢侵佔，慢慢侵佔，直到我只能蜷曲在一角。

這時我才驚覺，我沒辦法再在這空間與她同住了，不是她走，就是我得離開。她走？哼，我當初就是以為她會識相的搬離開才一直默不吭聲的。顯然這是錯誤且天真的想法。

但老實說，我不想搬離這裡。

這裡不輕易隨便外租，因為一毛錢都不用付，長住且免簽契約書，房東對房客非常照顧，天氣冷的時候這裡像暖爐，熱的時候涼得像冰敷，世界上沒有哪裡比這裡更舒服。

只是當空間愈來愈小，我卻窒息得只能偷偷哭。

沒有契約，找消保會被駁回，房東消失不見，打他手機永遠不會接，想理直氣壯的對那女人潑婦罵街，卻發現她身材連裘莉都自卑，我手無寸鐵，一開始就輸在罩杯，她竟然還笑著送我皮包agnes b.！

「啊，我不知道原來這裡有人住。」她這樣跟我說。

隔天她離開了，走得我和房東都很錯愕，他還特地跑來逼問我是不是欺負她！？女人不再回來，房東也沒把她的東西清掉，就這麼擺著，彷彿她只是遠遊去。

後來我們才知道這裡只是她的離家出走的休息站。

他洩了氣般清空房間，笑著還我原本的空間，彷彿他只是借場地剛辦完一場派對。

我說不用了，我剛好把行李準備好。

從此，我離開他的心房。

黃敬家老師：讀到文末才恍然明白，作者用租屋未經同意而與人分租一間房間來隱喻對方劈腿，非常有巧思和創意。如果能再延展二女同住一屋的齟齬，全文會更豐富。

海洋與羽毛

黃建彧

這是一個關於尋找希望的故事，可能發生在未來，過去，或者是現在，甚至於你我的身邊也說不定……。

故事開始於一個充滿死氣的小村子，村民們日復一日的做著相同的事情，人與人之間鮮少交集，沒有活力，聽不見歡笑，周遭的事物也因為這枯燥的生活而漸漸染成了灰色。無論是天空、房屋，甚至草木，只要從遠處眺望過來，一切都是灰濛濛的，彷彿整個世界只剩下這種孤寂的色調。通往村外的道路，也早已被樹林和藤蔓所阻絕，從外面更不時傳來一些詭異聲響，而一片漆黑的叢林深處，偶爾還會有幾道奇怪的影子閃過。種種異象在我們看來很奇怪，但是對村人來說卻習以為常。

某天，村外的盡頭出現了一道白光，緩緩地接近村子，雖然微小，其存在卻不容置疑。長久以來籠罩的灰暗，似乎隨著白光的到來而漸漸淡化。在這奇蹟中出現的，是一個衣著雪白的少女，她輕輕地走進村裡，然而這個地方已經太久沒有其他的顏色出現，周圍的灰，讓她顯得非常突兀。眼見週遭改變的村民們毫不在意，任憑少女獨自在村裡走動。

少女默默地看著一切，她所走過的地方都會留下一點光明，但是過不久又會被灰色所吞噬。當少女要離開這裡時，她突然發現，有個小男孩默默地跟在她身後。男孩的眼中流露出一點好奇，但卻

沒有其他動作，只是呆呆望著眼前這位耀眼的陌生人。少女慢慢走向小男孩，饒有興趣的看了一會，便露出微笑，並告訴男孩：「傳說中，第一次見到大海的人所真心許下的願望，就會成真。如果你的心沒有完全死寂，還想追求些什麼的話，便去尋找大海吧！」說完之後，她發現男孩的眼裡不再是單純的灰，似乎有不一樣的顏色，一點點，像海洋般的蔚藍，但是這一點點的改變就快要被無盡的死寂所淹沒了！少女想了想，便從衣服裡拿出一根散發著耀眼光芒的羽毛，雖然微小，但卻有著不會被環境所吞噬的堅強。少女將羽毛串了起來，綁在男孩的手臂上，然後頭也不回的離開這個村子。

少女雖然擁有改變這一切的能力，但是她卻不想去做，因為沒有任何人可以隨意改變他人的生活，無論這改變是好是壞，更何況使村子如此沉寂的，正是村民本身。這是他們所選擇的生活方式，所以必須承受這一切。少女不想擅做主張的改變，「或許……這正是村民們所喜歡的也說不定。」她想。少女的背影漸漸消失在地平線，沒有人知道她將要走向何方……。

少女離開之後，男孩顯得跟周遭的村人有些不同。他每天都會到村口望著遠方，似乎想從這裡看到大海似的。但是無論他怎麼努力，映入眼簾的，依舊是深邃的灰。「如果不從這裡走出去，一切都將不會有所改變。」男孩想著。雖然不知道大海在何方，也不確定少女所說的是真是假，但是看著村民們如同過往、行屍走肉般的生活著，男孩決定走出去，離開這個被絕望所封閉的村子。

眼前是一片灰暗的樹林和糾結的藤蔓，不時還會有詭異的聲響跟影子閃過，靠著羽毛所發出的光芒，男孩順利的離開村子。他默默地前進，翻過了幾座山嶺，穿越無盡的樹林，但周圍的一切仍然只有灰色。不知道經過幾次日昇日落，週遭的顏色終於開始鮮明起來。男孩倏地想起，很久很久以前，村子裡也有著各種各樣的顏色。人們交往頻繁，大街上不時有歡笑，是個美麗且幸福洋溢的村子。但不知道從什麼時候開始，周圍的一切慢慢的褪色了，人們也失去互動。一念及此，男孩感覺自己似乎不需要向大海許下願望也能改變村子的現況，於是他便興起了回家的念頭。

圖／洪莉婷

就在這一瞬間，他的眼前映入了一片深藍，「原來……這就是大海！」男孩發出了讚嘆。望著眼前的波濤碧頃，男孩不由自主地許下心中最為真誠的願望：「希望村子的一切可以有所改變……。」手臂上的羽毛逐漸黯淡，最終成了一根普通的羽毛。男孩轉過頭，看著來時路，發現從村子的方向開始，灰色慢慢消散了，取而代之的是失去已久的美麗景色。

男孩迫不及待的趕路，直到可以清楚的聽見村子裡傳來的談笑聲，他知道一切都已經恢復了，於是便朝著少女消失的方向走去……。

黃敬家老師：本文用寓言的方式說故事，來發現自身土地（村子）的價值，文字算流暢，若情境營造時更有耐心，把氣氛渲染開點會使文章更有力道。

改變

劉怡儂

她又回到他當初對著她承諾的地方。

這裡沒有鳥語花香，沒有溫暖氣息，沒有任何一點值得留戀，值得她花好幾小時的車程來到這，因為一切都變了。她知道有些人享受「改變」，然而她清楚自己不屬於這種人。但是她也變了，因為他變了。

這裡曾經是他與她共同建造的秘密花園，有著他專心培育，她細心照顧的各式花草，一點一滴慢慢茁壯，承載他們的愛與幸福，是他們一起約定，一起實現的美麗瑰地。

曾經他們是比鄰而居的青梅竹馬，有著極佳的默契，一舉一動都逃不離對方的視線，然而他與她是多麼樂在其中，親人朋友無不祝福，因為他們的相處是如此的和諧、美好。

誰也沒想到一場事件，破壞這一切。

他小時候因為生了一場大病，因此有著不健全的身體，可是依然開朗從不自卑，也從沒有人看輕他，他更擁有著如此美好的她，一切是如此的幸福。

就在那一晚，她家遭到了小偷侵入也侵害了她的身體，他明明知道了，卻無能為力，因為隨著年齡增長，身體也更差了。就在他的眼前，發生了這一切。她不怪他，甚至安慰他，但是他怪自己、

恨自己。他自殺了。她無法原諒他，也摧毀了他們的花園，逃離這自小長大的地方。

然而，她回來了，逐漸釋然也變得堅強獨立，不再為他人，只為自己活，她更決定重整花園，只屬於她的花園。

黃敬家老師：故事情節近似常見的愛情小說，敘述上較簡略，建議可再上加上主人翁心理層面的刻劃，以增加文章的深度。

後記：臺東之美

林宗翰

「與時光相對，美，確實是一種浪費。可是我們整個生命存在的意義，不也就在於這貪婪的尋覓與追求？」　—席慕蓉

回顧這一年多以來的日子，彷彿經歷過一趟漫長的旅程，過程中有人加入有人離開，曾經歡笑悠閒地討論進度，也曾經急得像熱鍋上的螞蟻，不停打電話催促。這些情景仍然歷歷在目，還記得從學長姐手上扛下這個任務時，她們殷切地叮嚀，老師們三不五時就會詢問一聲「進度如何？」越是如此，我越是覺得肩上的擔子著實不輕。

常常在夜晚，對著月亮或星星問著：「我真的能完成嗎？」，「我辦得到嗎？」握在手上的是系上同學的心血結晶，每位執筆人對自己的文章都有一種潔癖，他們放心交到我手上，我怎能令他們失望？我想我一個人的能力終究是有限的，幸好有編輯小組的其他成員，在背後默默付出，在我心情低落時給予鼓勵，謝謝你們的包容與情義相挺，這本書是所有參與者共同完成的，也是每一股熱愛臺東的意念的匯聚。

《臺東學2——沙城僕僕》書名，取成語「風塵僕僕」之諧音，臺東舊地名即為「沙城」，「僕僕」二字暗指充滿淳樸人情味的臺東地方特色。本書的專欄文章採訪了臺東在地的居民，有學生，有詩人，有腳踏車行老闆，有農夫，也有原住民作家。希望藉著他們的口述，在各位讀者腦中勾勒出一張繽紛的地圖，讓一些從來沒來過後山的人們，能對這裡發起興趣。不只是為了觀光的目的，我更希望這是一種「有計畫的文化探索之旅」，讓全臺灣的人都知道臺東的美！

第二部分的創作文章，是本系同學的作品呈現，與《臺東學 1 發現臺東》不同的地方在於，本次稿件經由校內老師遴選，並在文末加上評語。希望藉此一動作能讓每位作者與讀者都能有所收穫，文筆更加精進。不論是讚美或是批評，藝術的奧妙就在於此：永遠沒有固定的答案！或許我們也曾在他人的文章中看見自己的影子，彼此發生著同樣情節的故事，最後在字裡行間相遇，那會心一笑，是需要緣分的。

期盼臺東的美能就這樣一直延續下去，不止是山川地理，還有這濃濃的人文之美，正如文章開頭席慕蓉所說的，生命中能有幾次感受到發自內心的美，也就不那麼空虛了。

本書編輯小組

總 策 畫　林宗翰

副總策畫　白敏澤　呂雅琳　林聖倫

徵 文 組　林欣慧

美 編 組　梁雅筑　洪莉婷　張家瑋

總 務 組　郭金慧

校 稿 組　謝萩純　王怡凡　王柏堯　何育綺　李鳳文　徐姿榆
張詠琳　張嘉汶　郭雅琪　黃女芩　劉人瑋

專 欄 組　江枚芸　李惠如　紀雯茹　胡綵婷　陳孟潔　郭宗翰
黃郁庭　黃靖宜　趙仙玉　蘇柏翰

國家圖書館出版品預行編目

沙城僕僕／臺東大學華語文學系編著. -- 一版.
-- 臺東市：臺東大學華文系 , 2010.05
面； 公分
BOD版
ISBN 978-986-02-3110-6（平裝）

863.3 99006857

臺東學②

沙城僕僕

作 者 / 臺東大學華語文學系 編著
執 行 編 輯 / 林世玲
圖 文 排 版 / 黃莉珊
封 面 設 計 / 蕭玉蘋
數 位 轉 譯 / 徐真玉 沈裕閔
圖 書 銷 售 / 林怡君
法 律 顧 問 / 毛國樑 律師
出 版 者 / 臺東大學華語文學系
印 製 經 銷 / 秀威資訊科技股份有限公司
台北市內湖區瑞光路583巷25號1樓
電話：02-2657-9211 傳真：02-2657-9106
E-mail：service@showwe.com.tw
經 銷 商 / 紅螞蟻圖書有限公司
台北市內湖區舊宗路二段121巷28、32號4樓
電話：02-2795-3656 傳真：02-2795-4100
http://www.e-redant.com

2010 年 5 月 BOD 一版
定價： 240 元

讀　者　回　函　卡

感謝您購買本書，為提升服務品質，煩請填寫以下問卷，收到您的寶貴意見後，我們會仔細收藏記錄並回贈紀念品，謝謝！

1.您購買的書名：____________________________

2.您從何得知本書的消息？

□網路書店　□部落格　□資料庫搜尋　□書訊　□電子報　□書店

□平面媒體　□ 朋友推薦　□網站推薦　□其他__________

3.您對本書的評價：(請填代號　1.非常滿意 2.滿意 3.尚可 4.再改進)

封面設計____　版面編排____　內容____　文/譯筆____　價格____

4.讀完書後您覺得：

□很有收獲　□有收獲　□收獲不多　□沒收獲

5.您會推薦本書給朋友嗎？

□會　□不會，為什麼？____________________________________

6.其他寶貴的意見：____

____

____

____

讀者基本資料

姓名：____________________　年齡：_____　性別：□女　□男

聯絡電話：________________　E-mail：____________________

地址：____

學歷：□高中(含)以下　□高中　□專科學校　□大學

□研究所(含)以上　□其他_______________

職業：□製造業　□金融業　□資訊業　□軍警　□傳播業　□自由業

□服務業　□公務員　□教職　□學生　□其他__________

請貼
郵票

To：114

台北市內湖區瑞光路 583 巷 25 號 1 樓

秀威資訊科技股份有限公司　　收

寄件人姓名：

寄件人地址：□□□

(請沿線對摺寄回,謝謝!)

秀威與 BOD

BOD（Books On Demand）是數位出版的大趨勢，秀威資訊率先運用 POD 數位印刷設備來生產書籍，並提供作者全程數位出版服務，致使書籍產銷零庫存，知識傳承不絕版，目前已開闢以下書系：

一、BOD 學術著作—專業論述的閱讀延伸
二、BOD 個人著作—分享生命的心路歷程
三、BOD 旅遊著作—個人深度旅遊文學創作
四、BOD 大陸學者—大陸專業學者學術出版
五、POD 獨家經銷—數位產製的代發行書籍

BOD 秀威網路書店：www.showwe.com.tw
政府出版品網路書店：www.*gov*books.com.tw

永不絕版的故事・自己寫・永不休止的音符・自己唱